転生の恋人—運命の相手は二人いる—

愁堂れな

幻冬舎ルチル文庫

CONTENTS ✦目次✦

転生の恋人 —運命の相手は二人いる—

✦カバーデザイン＝ chiaki-k（コガモデザイン）
✦ブックデザイン＝まるか工房

イラスト・笠井あゆみ✦

転生の恋人―運命の相手は二人いる―

1

『愛している。この世に生があるかぎり……』

耳元で囁《ささや》かれる甘い声。愛《いと》しさがこれでもかというほど感じられる熱っぽい声音《こわね》に、なぜか泣きたいような気持ちになる。

『いや、この命が尽き、生まれ変わったそのあとも、お前に永遠の愛を誓おう』

嬉《うれ》しすぎる言葉を告げながら、優しく髪を梳《す》いてくれる。繊細な指先の感触にますます涙が込み上げてきて、堪《たま》らず逞《たくま》しいその胸に縋《すが》り付く。

『愛している』

しっかりと抱き締め返してくれながら、耳元にまた熱く囁きかけてくるその声に誘われ、顔を上げる。

美しい金色の髪。煌《きら》めく青い瞳。胸の奥底から愛しい気持ちが湧《わ》いてきて、言葉となり唇から零《こぼ》れ出る。

『僕も愛しています。生まれ変わったあとも、あなただけを』

自分の声というには違和感のある、澄んだ高い声。煙草《たばこ》と酒ですっかり掠《かす》れてしまっている己の声音とはまるで違う。

彼に向かって伸ばしたこの腕も華奢《きゃしゃ》な上、肌の色は乳白色ともいうべき色だ。

少年――のようだ。まるで。

『愛しているよ。愛しい小鳥』

伸ばした手を握り締め、幸せそうに微笑《ほほえ》んだ彼が、くちづけをするために唇を寄せてくる。

『アロー、僕も愛してる』

そう。彼の名は『アロー』。

胸にはこれでもかというほど、彼への愛しい気持ちが溢《あふ》れてくる。愛し、愛される幸せ。

少しの疑念もなく、二人の命が尽きたとしても、生まれ変わったそのあとも愛し合うに違いないと信じていられる。

永遠の愛。悠久の愛。不変の愛。

憧れてやまない世界に今自分はいる。

崇高な愛の世界。清らかな。美しくも気高い清廉なる愛。迷いのない、真実の愛。

『愛しているよ。小鳥』

『僕も……僕も愛している』

堪らない気持ちが募り、『アロー』の胸に飛び込み、彼の背をしっかりと抱き締める。

『愛しい小鳥。その可愛《かわい》らしい唇で私への愛を囁き続けておくれ』

美しい青い瞳が微笑みに細められ、彼の逞しい腕がしっかりと抱き締めてくれる。

己へと伸ばしてくるその腕の内側に星形の痣《あざ》がある。そう。自分の腕にもあるような。

まさに運命ということだろう。幸福感に満ち満ちながら胸に溢れる想いを口にする。

『愛してる』

実際に『愛してる』という言葉を、自分は誰かに告げたことがあっただろうか――ふとその考えが頭に浮かぶ。

「あ……」

途端に目の前の彼の姿が歪《ゆが》み、背景に紛れて消えていく。

「待ってくれ。消えないでくれ」

霞《かす》んでいく彼に向かい、手を差し伸べ、叫ぶ。先ほどまでの美しく澄んだ声とは似ても似つかぬ酒やけした掠れ声は紛れもなく――。

「……あ……」

まさに自分の声だ、と気づいたせいで夢の世界から目覚めた、と、巴慎也《ともえしんや》はベッドの上で上体を起こした。

また――同じ夢を見た。

もう何度、見たことか。子供の頃から何度と数えきれないくらいに見た夢を頭から振り落とそうと数度首を横に振ると、慎也は水を求めベッドを下り、キッチンへと向かった。

冷蔵庫からミネラルウォーターのペットボトルを取り出し、その場で一気に呷《あお》る。冷たい水が喉を下っていく快さに小さく息を吐いた慎也の頭には、今の今まで見ていた夢の光景が蘇《よみがえ》っていた。

慎也は今年二十一歳になったばかりの若者だった。半年ほど前にわけあって大学を中退し、身内の紹介で東銀座にあるバーのオーナー兼バーテンダーをしている。

大通りから一本奥まったところにあるバーは間口二間《けん》ほどの小さな店で、三階建てのビルになっているその上の階が慎也の住居だった。

ペットボトルを手にキッチンを出て、ダイニングの椅子に座る。テーブルの上に置いてあった煙草に手を伸ばし、一本咥《くわ》えて火をつけ、ふう、と吐き出した煙が上っていくのを見るとはなしに見上げていた慎也の頭にまた、夢の光景が浮かんだ。

明るい日差しに照らされた白一色の部屋の中。美しい金髪碧眼《へきがん》の若者に自分は抱き締められている。

目が覚めてみるといつも、時代がかった、大仰《おおぎょう》な台詞《せりふ》だなと思うのに、夢の中ではただただ、胸を熱くしている。

愛している。この世に生があるかぎり。生まれ変わったそのあとも、お前に永遠の愛を誓おう。

実際、そんな言葉を面と向かって誰かに言われたら、きっと噴き出してしまうに違いない。

自分だってとても言えない。しかし夢の中ではごくごく自然に口にしていた。

胸に溢れる想いのままに――。

なんとなくやりきれない思いが募り、慎也は煙草を咥え、煙を吸い込んだ。それを吐き出し、紫煙の行方《ゆくえ》を目で追う。

『愛している』

その言葉を今まで、自分は誰かに告げたことはあったか。

ゲイと自覚したのは高校生の頃だった。それまでにも気づくきっかけはいくらでもあったが、敢《あ》えて目を背けていたような気がする。

女性を恋愛対象として見ることができない。一方、同性に対して性的興奮を覚える。恋しいと最初に思ったのは同級生の、親友と思っていた男だった。

告白する勇気はなかった。卒業後は彼が関西の大学に進学したため自然と付き合いが途絶えたことにどれほど安堵《あんど》したことか。

大学に進学したあとにはいよいよ、自分を誤魔化すことができなくなった。卒業後の進路につき父親から確認を取られるに至り、自分の性的指向を明かさざるを得なくなったのである。

慎也の実家は誰もが知る旧財閥の本家で、父親はその企業グループのトップだった。日本を代表する企業にしては珍しくも世襲制であったために、とてもその任は果たせないと慎也は辞退を申し出た。

自分は『世襲』ができない。子孫を残すことは不可能だと告げたとき、慎也の父は慎也に勘当を申し渡した。

回避したくばメンタル面の治療を受けよと言われ、慎也は迷わず勘当を受け入れた。幸い、亡くなった母親の弟、慎也にとっては叔父にあたる人物がゲイで、慎也の今後の身の振りかたに対し、親身になって諸々《もろもろ》手配をしてくれた。

慎也が当時、バーテンダーのバイトをしていたこともあって、ちょうど店主が諸事情により店を閉めることになった東銀座のバーを引き継ぐという話をまとめあげてくれたのである。

古びたビルではあったが、住居も兼ねているのはありがたかった。その上、ビルの持ち主だった叔父はそのビルの名義を慎也にしてくれたので、慎也は住居に困ることも家賃を気にすることもなく生活できるようになったのだった。

もともと、そこそこの人気店だったこともあり、慎也の生活が酷《ひど》く困窮することはなかった。大学の学費は親が払ってくれていたので、勘当されるとなると中退せざるを得なかったが、慎也に後悔はなかった。大学での学びはそれなりに有意義ではあったが、父に頭を下げてまで続けたいかと言われれば答えはノーで、それよりはいかにして今後、生活費を稼いでいくかということのほうへと慎也の意識は向いていった。

大学に通っていた頃も今も、慎也が『恋人』を持つことはなかった。

恋愛対象が同性だと自覚してから慎也は、当然ながらパートナーを求めた。しかし周囲には慎也が『御曹司』と知れ渡っており、近づいてくるのは下心のある連中ばかりだった。

大学を辞めたのは、それまでの人間関係をリセットしたいという希望もあった。周囲にいた学友たちは慎也が勘当されたと知ると殆《ほとん》ど姿を消し、店に顔を出してくれる人間は誰もいなかったが、そのことに慎也は落ち込むよりも安堵を覚えた。

バーの営業時間は午後八時から翌二時。日曜日と祝日を休みとしたのは、前の経営者に倣《なら》ったのだった。おかげで生活は昼夜逆転となったが、すぐに慣れることができた。

しかし、『夜遊び』する時間はまったくなくなった。いわゆる『ハッテン場』といわれる新宿二丁目のバーに出会いを求めに行きたくても、その時間は自分の店を開けねばならず、通うことができなくなった。ゲイパーティ的なイベントもたいてい夜に開かれるために参加できずで、結局店が軌道に乗るまで、禁欲生活を強《し》いられることになってしまった。

それがいいように働いたのではないか、と、慎也はふと、苦笑した。

既に落ちそうになっていた煙草の灰を灰皿に落とし、再び咥える。

「…………」

煙を吐き出し、またも紫煙の行方を目で追う。目だけでなく手を差しのばしていた己の右腕の肘《ひじ》の内側、星形の痣が目に入った慎也の口から、溜《た》め息が漏れた。

この痣。夢の中でもこの痣を見た。

なんなのだろう。あの夢は。なぜ、あんな夢を何度も見るのだか。

肘の内側の星形の痣。金髪碧眼のあの美しい青年――『アロー』という名の青年の腕にも、そして乳白色の肌を持つ、『小鳥』と呼ばれる自分の腕にも同じ痣があった。

夢の中の自分は少年のようだった。白い肌は視界に入ったが顔はわからない。『小鳥』と言われるからには美少年なのだろうか。それとも本当に小鳥のような顔をしているのか。

「どんな顔だよ」

苦笑してしまった己の声が室内に響く。

酒焼けしてしまっている。バーテンダーの仕事は嫌いではなかった。が、客商売はやはり気を遣う。それで閉店したあと、一人で飲む時間が増えていた。

夜遊びに行けないストレスもあった。常に二日酔い状態で目覚め、翌日の仕事にかかる。

そして夢を見る。同じような。

あの夢は――願望、なのだろうか。あんな恋愛をしてみたい、という。

そもそも繰り返し見るあの夢が、慎也に自分がゲイであると気づかせてくれたようなものだった。逞しくも美しい『アロー』という男に抱かれ、この上ないときめきを覚えたのが性の目覚めとなったのではないかと思われる。

ゲイだと自覚はしたが、今まで慎也に特定の恋人ができたことはなかった。『恋』をしたとはっきりいえるのは、実ることがなかった高校の同級生が最後で、二十歳を過ぎて新宿二丁目デビューしたあとには、行きずりの相手と身体《からだ》の関係を持つことはあったが、特定の相手と付き合ったことはなかった。

大学を辞め、バーを始めたためにますます出会いのチャンスが減ったこともある。それでも本気で付き合いたいと願えば、チャンスは作ることができたはずだった。それをしないでいるのは、それまで慎也の周囲にいたのが、彼のバックグラウンド目当ての人間ばかりだったからということも影響していた。

『愛している』

この言葉を慎也は誰にも告げたことがなかった。『愛』とは何か。『真実の愛』とはどういう感情の発露なのか。

体感したい。憧れはある。その憧れがあんな夢を見せるのだろうか。しつこいくらいに何度も見るあの夢は愛への憧れゆえか。

「……普通に、寒いよな……」

呟《つぶや》き、また煙草を吹かす。照れ隠しでもあったが、疑問もあった。もし憧れであったにしても、なぜ、同じ夢ばかり見るのだろう。

夢を見ているときには『また』という自覚はない。しかし目覚めると常に、虚《むな》しさに襲われる。

生まれ変わった後も愛している。小説か映画でしか聞いたことがない台詞だ。もしも面と向かってそんな言葉を告げてくれる相手がいたら、自分はどう感じるだろう。

照れくさくはあるだろう。だがきっと嬉しいに違いない。うっとりと、夢の世界を思い描いていた慎也だったが、すぐに我に返って自嘲した。

やはりあれは『憧れ』だ。決して手の届かないものへの。

今、慎也にとって大切なのは、日々滞りなく生活していくことだった。幸い、今のところ生計を立てることはできている。しかし――。

生活に張りがない。とはいえ、まずは安定を目指さねば。現状は『ぎりぎり』といったところだった。かろうじて黒字を保っているが、それも前の店主の影響が大きい。バーテンとしても未《いま》だ修業中であるし、今までの客を逃さないようにするには精進するしかない。

しかし――疲れた。

ポロ、と灰がテーブルの上に落ちる。

しまった、と手に持っていた煙草を灰皿で揉《も》み消す。溜め息を漏らしていることにまた、溜め息がこみあげてきてしまう、と慎也は首を横に振った。

ともかく、寝よう。

立ち上がり、ベッドに向かおうとする慎也の脳裏にまた、夢で見た『アロー』の微笑んだ顔が蘇った。

『愛している。この世に生があるかぎり』

愛——愛とはなんなのだろう。

やるせない気持ちが募り、またも溜め息を漏らしてしまう。こうした気持ちになったときには慎也の足が自然と向いてしまう場所があった。

夜が明けたら——立ち上がり、寝室へと戻る。なぜあの夢を繰り返し見るのだろうという疑問を胸に再び眠りにつこうとする慎也の脳裏には、『アロー』の笑顔があった。

真実の愛など、手の届かない夢だ。慎也はそう呟くと、いつもの起床時間まで眠るべくベッドの中で寝返りを打ったのだった。

翌日、昼過ぎに目覚めた慎也は、支度をすると二丁目にあるサウナへと向かった。

いわゆる『ハッテン場』といわれる場所だった。夕方までに店に戻ればいい。それまでのアバンチュールと割り切ればそれなりの出会いがある。

たまに慎也はサウナに行くことがあった。そこで出会った男とラブホテルで数時間過ごし、その場で別れる。

サウナでの出会いに慎也は、長い付き合いを期待したことはなかった。ひと時の愛の語らいと身体の関係を求めて皆が訪れている。

実際の名や素性を明かすことはまずない。アピールするのは自分が抱きたい側か、抱かれたい側かということくらいである。

慎也は『抱かれたい』側だった。しかしあまりアピールせずとも、慎也の見た目からしていかにも『抱かれる側』であるので、惹《ひ》かれ合う相手がいればさほど問題になることもなかった。

ハッテン場に集う人間の目的は一つである。純粋にサウナで汗を流しに来る人はまずいない。慎也もまた、自身に注がれる視線を感じつつ、肌を露《あら》わにしていた。

声をかけられるとしたらサウナルームでだった。あまり長いこと入っているとのぼせるので、外に出て頭と身体を冷やし、再び入る。しかし慎也はサウナルームに入り直したことはなかった。

さらりと靡《なび》く綺麗《きれい》な黒髪。切れ長の瞳。長い睫毛《まつげ》。高い鼻梁《びりょう》。人目を引かずにはいられない美形なのだが、本人にその自覚はない。

その美貌以上にバックグラウンドに恵まれていたため、声をかけてくる相手すべてが財産目当てに見えてしまっていた、ということもあった。

今日もまた慎也がサウナルームに入ると、中にいた男たちは一様に色めき立った。皆の視線を感じながら座った慎也に、早速声がかかった。

「やあ、久しぶり」

「あ……」

声をかけてきた男を見て、慎也は思わず声を漏らしてしまった。

二か月ほど前に、このサウナで声をかけられ、ひとときを共にした相手だった。確か名前は『タカシ』と名乗っていた記憶がある。一見、好青年風に見えたが、行為が酷く乱暴だった男だ。おかげで後ろが裂け、暫《しばら》く痛みに苦しんだ。

しつこく連絡先を聞かれたが、なんとかやり過ごした。まさかまた会おうとは。

「また来るかなと期待して通っていたんだ。よかったよ。また会えて」

「……ええと……」

しまった。連絡先を教えなかったことが、二度と会うつもりはないという主張だと気づいてほしかったのだが、説明が必要となるようだ。

しかしやり方を間違えると、酷い目に遭いそうだ。今もしっかりと腕を摑《つか》まれてしまっている。

どうやって逃れればいいのだろう。その気はないとはっきり主張する？　しかし激高されたらどうしよう。

「時間、あるだろう？」

相手はもう、その気になってしまっている。いかにもプライドが高そうなので、断れば人前で恥をかかされたと怒り出すことが容易に想像できた。

仕方がない。ホテルまでは付き合って、その後、なんとかして逃げ出すことにしよう。シャワーを先に浴びてほしいなどと言って。

それにしてもついていない。このサウナにはもう、来ることはないだろう。新たなハッテン場を探さねば、と内心溜め息をついたそのとき、サウナルーム内にドスのきいた声が響いた。

「悪いな、兄ちゃん。そいつは俺が先に目を付けてたんだよ」

「なんだと？」

慎也の腕を摑んでいた男が——タカシが憤った声を上げる。慎也もまた声の主を見やったのだが、視界に飛び込んできたその男の風体《ふうてい》には思わず息を呑《の》んでいた。

どこからどう見てもまっとうな職業についているようには見えない。鋭い眼光のせいもあるが、何より彼の頰には明らかに刃物によるものと思われる傷痕《きずあと》があった。

頰だけでなく、腹や腿《もも》にも大きな傷痕がある。ヤクザだろうか。身長は百八十五センチはありそうだった。逞しい胸板。伸ばしてきた腕の筋肉も綺麗に盛り上がっている。

見た目も充分迫力があったが、声もまた迫力があり、今やサウナルーム内はしんと静まり返っていた。

腕っ節も強そうなその男に睨《にら》まれ、タカシはがくがくと足を震わせ始めた。

「行くぞ」

男が慎也の左腕を摑む。タカシの手は既に慎也の右腕から外れ、飛び退《の》く勢いで後方に下がっていた彼はそそくさとサウナルームを出ていった。

「…………」

こういうのをなんと言うのだったか。そうだ。『一難去ってまた一難』。二度と会いたくなかった相手から救い出してくれたのがヤクザ者だとは。途方に暮れてしまいながら慎也は周囲を見渡したが、誰も彼と目を合わせようとする男はいなかった。

当然、慎也にも拒否権はある。ハッテン場とはそうした場所であるはずだが、慎也に男の腕を振り解《ほど》く勇気はなかった。

緊張から鼓動が速まり、ドッドッと頭の中で心臓の音が響いている。サウナルーム内にいるせいもあって、貧血に近い状態となっていた慎也は、男に手を引かれるまま、自身の足下《あしもと》だけ見ながら外に出た。

更衣室でどうやって服を着たかという記憶も覚束《おぼつか》なかった。気づいたときにはスーツを身につけた男に腕を引かれ、サウナ近くのラブホテルへと連れ込まれてしまっていた。

「脱げよ」

男の声が室内に響く。声も態度も威圧的で、先にシャワーを浴びてもらいその間に逃げる、といった小細工はとてもできそうにないと慎也は青ざめた。

「…………あの…………」

具合が悪いと言おうか。実際、いいとはいえない状態ではあった。が、顔を上げた途端に男と目が合ってしまい、まるでヘビに睨まれたカエルさながら、身動きが取れなくなった。

「サウナには男を探しに来たんだろう？　違うのか？」

一歩、距離を詰めた男の腕が慎也へと伸びてくる。

「俺じゃその気になれないか？」

唇を歪めるようにして笑う男の目は、少しも笑っていなかった。射貫《いぬ》かれるような鋭い視線はますます慎也から声を奪い、拒絶の言葉どころか一言も喋《しゃべ》れなくなってしまった。

「俺はその気なんだがな」

言いながら男が慎也を突き飛ばすようにして背後のベッドに倒れ込ませた。そのままのしかかってきた彼の手が慎也から衣服を剝ぎ取っていく。

犯される。

シャツのボタンはあっという間に外され、ジーンズは下着ごと引き下ろされた。続いてシャツを脱がされ、あっという間に全裸にされる。

男の動作は素早くはあったが、乱暴ではなかった。次第に落ち着きを取り戻しつつあった慎也は改めて己にのしかかっていた男を見上げようとしたのだが、そのとき男が己の右手首を摑んできたのに違和感を覚え身を硬くした。

「？」

男が手首を摑んだのはどうやら、腕を伸ばさせることに目的があるようだった。男の視線が己の右腕に注がれているのがわかる。

「これは……」

男がぽつりと呟いたあとに、慎也の腕を離し、手早く服を脱ぎ捨てる。上半身裸になった彼の身体は実に鍛え上げられており、傷痕さえなければ羨望すら覚えるものだ、と、いつしか見惚《みと》れてしまっていた慎也だが、シャツを脱ぎ捨てたあとに、何を思ったのか男は、見ろ、というように己の腕を慎也に対し伸ばしてみせた。

「あっ」

慎也の口から驚きの声が漏れる。というのも男の肘の内側には自分とまるで同じ、星形の痣があったのである。

「…………」

まじまじとその痣を見たあとに、男の顔へと視線を向ける。

「……お前は……」

男もどこか呆然《ぼうぜん》としているように見えた。慎也もまた呆然と彼を見上げる。

「……いや、まさか……」

言いながら男がゆっくりと覆い被《かぶ》さってくる。男の目が閉じられるのを見てまた、慎也は違和感を覚えたものの、つられて彼もまた瞳を閉じた。

「……ん……」

唇を覆ってきた男の唇は温かかった。優しすぎるキスは男の外見を裏切るものだったが、どこかで体感したことがあるような気もする、と慎也は口を開き、男の舌を受け入れた。

その舌に己の舌をからめとられ、強く吸われる。同時に男の手が首筋から胸へと下りてきて、乳首を掌《てのひら》で擦《こす》り上げたあと、指先で摘《つ》まみ上げてきた。

「あ……っ」

合わせた唇の間から、我ながら甘やかな声が漏れた、と慎也は閉じていた目を開き、男を見上げた。近すぎて焦点が合わない男の、瞳もまた開かれており、慎也と目が合ったことがわかるとその目を細め微笑みかけてくる。

なんだか——懐かしい感じがする。

不意に芽生えた既視感に、慎也は戸惑いを覚えずにはいられないでいた。視覚的なものだけでなく、体感的にも『初めて』という気がしない。

今まで行きずりの関係を結んできた男は何人もいた。その中の誰かだろうかと考えるもすぐ、これだけの傷痕があればさすがに記憶に残っていようと可能性を退ける。

ではどこで——？

「ん……っ……んん……っ」

いつしかくちづけは中断され、男の唇は慎也の首筋を伝い、胸へと辿《たど》り着いていた。乳首

を口に含まれ、舌先で転がされるその刺激に、慎也の口から堪《こら》えきれない声が漏れる。

胸を弄《いじ》られるのを、実は慎也は好んでいた。しかし行きずりの相手とはそれぞれの性欲を発散させることが目的のセックスが多く、愛撫《あいぶ》はおざなりにされがちとなる。

それに関してはお互い様と思っているので、いかなる感情を抱くこともなかった。すぐに裸になり、互いの雄を握り合ったり咥え合ったりして射精する。そのあと興が乗ればアナルセックスまで進むこともあるが、こうして乳首を口で、指で執拗《しつよう》に愛撫されることはなく、それだけで慎也は達してしまいそうになっていた。

自分で自分を慰めるとき、胸を愛撫することはある。それで自身が敏感であると気づいたのだが、胸だけでいきそうになるほどとは思っていなかった。いつしか息が上がり、唇から漏れる声も高くなっていく。

「あ……っ……はぁ……っ……あっ……あっ……あっ」

気づかぬうちに慎也はいやいやをするように激しく首を横に振っていた。捩《よじ》れる腰を押さえ込むかのように体重をかけてきながら男が、慎也の乳首に軽く歯を立てる。

「やぁ……っ」

びくん、と大きく身体が震え、一段と高い声が放たれる。今や慎也の雄は張りつめ、少しの刺激で達してしまいそうにすらなっていた。

「あっ」

今度はもう片方の乳首を強く摘まれ、堪らず声を上げる。いつしか閉じてしまっていた目を開き、己の胸を見下ろした慎也は、視線を感じたのか顔を上げた男とまた目が合った瞬間、これ、と説明できないような、なんともいえない感情が胸に込み上げてくることに違和感を覚え息を呑んだ。

この感情にもまた、微《かす》かに覚えがあるような――？

「あっ」

しかし思考はそこで途絶えた。男が再び慎也の胸に顔を伏せ、舐《ねぶ》られすぎて赤く色づいていた乳首に軽く歯を立ててきながら、下肢に伸ばした手で雄を握り込んできたためである。

「やだ……っ……あぁ……っ」

乳首への刺激だけでも充分であったが、雄に直接刺激を受けては我慢などできるはずもなく、慎也は達し、白濁した液を男の手の中に放っていた。

「あ……っ。すみません……」

早すぎだろうとも思ったし、一人で達したことにも罪悪感が湧き起こり、咄嗟《とっさ》に詫《わ》びた慎也の胸から男が顔を上げ、不思議そうに問うてくる。

「何を謝る？」

「え、あの……」

相変わらずドスのきいた声ではあったが、低くよく響くその声はなんともいえずセクシーだと、慎也は改めて男を見上げた。男もまたじっと慎也を見下ろしてくる。

「…………」

男が何かを言いかけた。が、すぐに口を閉ざしたかと思うとやにわに身体を起こし、シーツで手を軽く拭《ぬぐ》ってからベッドを下りた。

「え……」

一連の動きを目で追っていた慎也は、男が未だ穿《は》いたままでいたスラックスと下着を脱ぎ始めたことで、そのためにベッドを下りたのか、と納得したと同時に自分が安堵していることにも気づき、不思議な気持ちに陥った。

安堵は、男が行為を続けることに対してだ。ここで中断されなくてよかったと、なぜ自分はほっとしているのだろう。

乱れていた息が次第に整ってくる。と、全裸になった男が再びベッドに上がり、慎也に覆い被さってきた。

伸ばされた右腕の内側にある星形の痣。どうしても目を奪われる。

自分の腕にあるのと同じ痣だ。男もまた驚いていた。なんという偶然。

偶然――なのか？

「あっ」

迷うことなく男が慎也の下半身に顔を埋《うず》め、達したばかりで萎《な》えていた雄を口に含み、舌を絡めてくる。

またも鼓動が速まり、肌が一気に熱してきた。汗が吹き出し、呼吸もまた上がってくる。めくるめく快感の予感がする、と慎也は身を震わせ、堪らず手を伸ばして男の髪を掴む。男がふと顔を上げ、慎也の腕にある痣をちらと見やったのがわかった。

自然と慎也の視線も、己の両脚を抱え上げている男の腕へと向かっていく。

そこに確かにある星形の痣。その痣が目に入るとより欲情が煽《あお》られ、たまらない気持ちが募ってくる。

さっき達したばかりであるのに、早くも慎也の雄は硬度を取り戻しつつあった。男の手が後ろへと回り、既にひくつき始めていたそこへと指が挿入される。

ゴムはつけてほしいと言わねば。ちらとその思いが慎也の頭を掠めたが、彼の口からその言葉が漏れることはなかった。

男の与えてくれる快楽にただただ溺《おぼ》れていく。意識さえすれば立ち止まることができるだろうに、敢えてそれをしないでいる自分の心理を不思議に思いながらも慎也は、男との行為にのめり込んでいったのだった。

『愛している、私の小鳥。毎朝私のために囀《さえず》っておくれ。「アロー、おはよう、愛している」と』

『アロー、おはよう。愛してます』

『それでいい。私も愛しているよ。可愛い小鳥』

『アロー』

しっかりと手を握り合い、額を合わせて微笑み合う。アローの唇が握り合った手の甲に触れ、やがて手首から肘の内側へと上っていく。

『同じ痣を持つなど、運命としか思えない。きっと我々は前世でも恋人同士であったに違いないよ』

アローがにっこり微笑み、目の奥を見つめてくる。

『君の目に僕が映っている。僕の目にも君が映っている？』

問われてアローの美しい青い瞳を見つめる。そこに映っている顔をよく見ようと目を凝らし——。

「……ん……」

まどろみから目覚めた慎也の口から、微かな息が漏れた。

人肌がとても心地よい、と、頬を寄せる裸の胸に自然と唇を近づける。寝ぼけてもいたのでそのまま目を閉じようとした慎也だったが、ふと視界を過《よぎ》った星形の痣に気づき、手を伸ばした。

この痣。夢で見たばかりだ。自分の腕にもあるこの痣。前世でも恋人同士だったのではとアローが言っていた。

前世――生まれ変わっても尚《なお》、彼らは愛し合っているというのだろうか。そんなことが実際、あり得るのか。

あり得るのだとしたら――。

指先で星形の痣を辿る。と、びく、と痣が動いたと思った次の瞬間、頭の上から低い男の声が降ってきた。

「起きているのか？」

声は振動となり、慎也が顔を寄せていた胸からも響いてくる。この声は、と、考えるより前に慎也の脳裏にあの、頬に傷のある男の強面《こわもて》が蘇り、一気に覚醒した彼は、がばっと勢いよく身体を起こした。

「何を驚いている」

呆《あき》れた声を上げながら、男も身体を起こすと、まず慎也の顔を見つめ、次に己の腕を見下ろした。慎也もまた自分の腕を見下ろし、そこにある星形の痣を見つめる。

「その痣……」

男の、ぼそ、と呟くような声が慎也の耳に響く。二人して上体を起こしたベッドの上、改めて慎也は男を見やった。男も慎也を見返す。

「妙なことを聞くが、夢を見たことはないか？」

「…………え…………？」

思いもかけない男の言葉に、慎也は思わず声を漏らした。

夢――？

今の今まで見ていた夢の光景が、映画のフィルムのように頭の中に流れていく。

「お前の腕にあるその、星形の痣。それでもしやと思ったんだ。何度も同じ夢を見るといったことはないか？」

慎也の表情を見て男は確信を得たようだった。重ねてきた問いが次第に具体性を帯びてくる。

「腕に同じ痣はある。だが自分ではない。外国人の外見をしている人間が出てくる夢だ。見たことはないか？」

「あ……の……」

まさか。信じられないが、この恐ろしい外見をした男もまた、自分と同じ夢を見ているというのだろうか。

あり得るか？　そんなことが。騙《だま》そうとしているのではないのか？

自分は寝言を言ったのではないか。それを聞いた彼が、夢の話題を出した、とか？

しかしその目的は？

返事をしかねていた慎也だったが、続く男の言葉を聞いては、驚きの声を上げずにはいられなくなった。

「アローという男とシンという少年が永遠の愛を誓い抱き合っている。生まれ変わったそのあとも巡り合い、愛し合おうと」

「嘘《うそ》だろ……？」

まさに自分が見ていた夢そのものすぎたため、慎也は男に対する恐怖心も忘れ、思わずそう告げてしまった。

「………」

途端に男に厳しい目を向けられ、はっと我に返る。

「す、すみません。しかし、信じられなくて……」

嘘と疑ったわけではない。まさかとの思いからだと慌てて言い訳をしようとしたが、既に慎也の胸からは恐怖心が消えていた。

そんな馬鹿な。信じられない。今まで夢の話を自分は誰かにしたことがあっただろうか。絶対にない。家族は勿論《もちろん》、数少ない友人にもなければ、行きずりの相手との寝物語にしたことも勿論なかった。

なのになぜ、彼は夢に出てくる男の名を知っているのか。

「……まさか……あなたは、『アロー』ですか?」

問うた瞬間、男が目を見開き慎也を見た。

「……『小鳥』……?」

男が慎也に呼びかけてくる。

「嘘だ……」

また、慎也はその言葉を告げてしまった。が、男の眉が顰《ひそ》められることはなかった。

「……ああ、嘘みたいだな」

男の顔に苦笑めいた笑みが浮かぶ。その顔は夢の中の『アロー』とは似ても似つかなかったにもかかわらず、彼にアローの面影を慎也は重ねてしまっていた。

「……ところで、名前は?」

暫く二人して呆然としていたが、我に返ったのは男のほうが先だった。

「あ……シンです」

慎也は二丁目やハッテン場では本名は名乗ったことがなかった。『シン』で通していたのだが、確か先ほど男はこう言っていなかったか。

『アローという男とシンという少年が永遠の愛を誓い抱き合っている』

「嘘じゃないです。本名は慎也です」

「慎也か。俺は柳《やなぎ》だ」

「柳……さん」

名字だろうか。『アロー』とは違った。まあ『アロー』という日本語名はなかなかないか。

「しかし驚いた。こんなことがあるんだな」

しみじみといった感じで男が——柳が呟き、己の腕を見る。

「……そう……ですね」

未だに信じられない。こんなことが現実に起こり得るのだろうか。同じ夢を見る。それぞれの登場人物で。

それはつまり——。

「お前は名前も同じなんだな」

微笑むと頬の傷が引きつれ、存在感を増す。この、ヤクザのような男が本当に『アロー』なのか。

そもそも、『アロー』とは。『シン』とは。一体何者だというのか。

「……シン」

呼びかけ、手を伸ばしてきた。その腕にある星形の痣と、夢の中のアローの痣が重なる。

「……柳……さん」

その手を取る自分の腕にも、星形の痣はある。本当にこれは現実の出来事なのか。夢だと言われたほうがまだ、納得がいく。

抱き締められ、唇を塞《ふさ》がれる。夢の中の感触と同じなのか、それとも違うのか。まるでわからなくなってしまった。困惑しながらも慎也の腕はしっかりと柳の背に回っており、夢なのか現実なのかとますます混乱してきてしまう自分を彼は持て余していた。

それから二人して精を吐き出し、疲れ果てて眠ってしまっていた慎也が目覚めたとき、隣に柳の姿はなかった。

どうやらシャワーを浴びているらしい。耳を澄ましてそれを確認した慎也は、一瞬迷ったものの、すぐに支度を終え、ホテルの部屋を飛び出した。

開店の準備をしなければならない時間が過ぎていたということもある。しかしそれ以上に慎也は現実を受け止めかねてしまっていた。

同じ夢を見ていた――そのことに嘘はないとは思う。

ということはあの柳という男は『アロー』であり、自分は『シン』なのだろうか。

名前は初めて知った。夢の中でアローには『小鳥』としか呼ばれていなかったので、名前を知る機会はなかった。

自分なのに——いや、自分なのか？

そこに自信が持てなくなった。その上、柳は反社会的勢力に属しているとしか思えない男だ。かかわりを持つのは危険ではないのかと心配になったこともあった。

それでホテルから逃げ出したのだが、一人になってみると慎也には、今までの出来事がそれこそ夢としか思えなくなっていた。

店に戻り、支度をしている間も慎也は、夢の中にいるような心理状態のままだった。

あの夢は現実だったのだろうか。自分はあの『小鳥』と呼ばれていた少年で、柳というあのヤクザ者が『アロー』なのか。

生まれ変わり——そうとしか思えない。が、実感は少しも湧かない。

少し冷静になろう。誰かに相談できるといいのだが。そう思いはしたが、ゲイであることを誰にも相談できなかった慎也に、夢の話など明かせる相手は誰一人としていなかった。

店を開けたものの、その日の慎也の行動は我ながら『胡乱《うろん》』としかいいようのないものとなった。

注文を聞き直すことを何度もしてしまったし、会計を間違えていることも客からの指摘で気づかされた。

今日は休業したほうがよかったかもしれない。深夜二時に店を閉めたあと深く反省し、溜め息を漏らした慎也の脳裏に、柳と名乗った男の顔が浮かんだ。

出会いはハッテン場のサウナ。結果としてだが、サディストの男から救ってはくれた。そのあとラブホテルで抱かれたが、行為自体はなんというか――不満は一つもなかった。

愛撫に感じまくり、力強い突き上げには我を忘れた。快感に次ぐ快感を体得した結果、意識を飛ばしてしまったほどだ。

しかし彼とかかわるのは、あまりにリスキーではないか。まっとうな人間が頬に切創など負うだろうか。頬だけではない。腹にも、腿にも、彼は刃物によるものと思われる傷を負っていた。

加えてあの眼差し《まなざ》。鋭すぎる眼光からは危険しか感じない。

やはり、かかわるべきではない男だ。

結論を下すことはできた。しかしそう判断したのは己の勇気のなさゆえだということは、慎也自身にもよくわかっていた。

最早《もはや》勘当された身であるので、実家に迷惑がかかることはないはずだというのに、どうしてもリスクを考えてしまう。

なぜ彼が自分と同じ夢を見るのかという疑問は解明していない。知りたいとは思うものの、そのためにかかわりを持てば何かしらの損害を被《こうむ》るのではないかと案じ、それで慎也は『何もなかったこと』を選んだのだった。

あのハッテン場にも当面、通うのはやめよう。ほとぼりが冷めるまでおとなしくしておき、その後、別のハッテン場に行けばいい。

そうしよう。一人頷《うなず》いた慎也の唇から堪えきれない溜め息が漏れる。

なぜ、自分が溜め息などついているのか、理由をはっきりと自身に説明することは慎也にはできなかった。

それでいいのかという思いはある。が、それこそが『自衛』だと自身を納得させ、慎也は今日のことは——柳という男のことは忘れようと心を決めたのだった。

その後、数日は何事もなく過ぎた。『何事もなく』というのは現実的にはそうだったが、たまにしか見ることがなかった例の夢を、毎夜のごとく見るようにはなっていた。

『シン』

それまで『小鳥』としか呼ばなかった『アロー』は今や、慎也にそう呼びかけていた。

『愛している。この世に生があるかぎり。いや。生まれ変わったあとも、シン、お前だけを』

愛しげに——本当に愛しげに名を呼ばれ、愛を囁かれる。

生まれ変わったあとも——。

アローの生まれ変わりはあの柳なのか。そして『シン』の生まれ変わりは自分か。

まさかとは思うが、夢は自分の前世なのか。自分と、あの柳の。信じがたい上に、もしもそうだとしても、それがなんだというのかと、夢から覚めたあとも慎也は、なんとか己を保とうとした。

しかし毎度あまりうまくいかず、結局は眠れぬままに夜を明かすことになる。おかげで寝不足に日々悩むことにはなったが、解決の術《すべ》を見出《みいだ》すことはできずにいた。

そんな日を三日ほど過ごしたあと、思い切って慎也は店を休もうと心を決めた。開けているほうが確実に評判を落とす。明日から二、三日、休んでリフレッシュを図ろう。心を決めると随分と気が楽になり、その夜の営業は珍しくミスもなくのびのびと過ごすことができた。

閉店まであと三十分を切った。客足が途切れたこともあって、もう店を閉めてしまおうかと思っていたそのとき、店のドアが開き、客が入ってきた。

「いらっしゃいませ」

何も言わないのは感じが悪かろうと、一応の挨拶をするようにはしている。とはいえ大人っぽい雰囲気を目指した店であるので、静かな声音ではあるが、笑顔は向けることにしていた。

いつものようにドアに向かい笑顔を作った慎也だったが、客が誰かがわかった瞬間、彼の顔は強張《こわば》ることとなった。

「よお」

ニッと笑い、右手を上げてみせたのは――『柳』と名乗っていたあの男だった。

「探したぜ。黙って消えるなんて薄情じゃないか」

「……す、すみません。あの……」

どうして彼がここに。動揺のあまり慎也の頭は真っ白になっていた。

「なんでもいい。バーボン。ロックで」

慎也の目の前、スツールに腰を下ろした柳が注文の品を口にする。

「は、はい」

彼の視線を痛いほどに感じながら慎也は、これからどうすればいいのかと考えていた。

そもそも、柳は何をしに来たのか。彼が自分を探すことができた経緯も勿論気になるが、目的の方が更に気になった。

バーボンウイスキーをグラスに注《そそ》ぎ、柳の前に置く。

「どうも」

柳がグラスを取り上げ、一口飲む。ごくり、と彼の喉が上下するさまを見ながら慎也は、どんな話を切り出されるのかと緊張を高めていた。

「店は何時までだ？」

グラスをカウンターに下ろした柳が、慎也に問う。

「に、二時までです」

「もう閉める時間か。それはいい」

柳はニッと笑うと、グラスを取り上げ、ほぼ一気に近い感じで中身を飲み干した。

「店を閉めたら付き合えよ」

「あ、あの……」

『付き合え』の意味はやはり、と問いかける慎也の声は震えてしまっていた。

「怯《おび》えた顔するなよ。俺らは生まれ変わったあとにも永遠の愛を誓った仲じゃないか」

「それは……っ」

やはり夢ではなかったようだ。あの不思議な符合は。どうにも信じられなかったが、同じ夢を共有していることは紛れもない事実であると今更思い知らされ、慎也は声を失った。

「まったく、不思議な話だよ。前世なのかね、あれは」

もう一杯、とグラスを差し出してきながら、柳が慎也を見据えてくる。

「前世とか……信じられないのですが……」

グラスを受け取ったとき、指先同士が触れ合った。途端に慎也の頭に、身体に、柳との行為が蘇り、ドキ、と鼓動が高鳴る。

風貌から乱暴な所作をするのではと身構えていたが、指先の動きは繊細で、この上なく自分を昂《たか》めてくれた。あんなに気持ちのいいセックスは初めてだった、と思い出してしまっていた慎也の身体の奥が熱に疼《うず》いた。

「俺も信じられない。しかし、他に何か『理由』はあるか？　俺達が同じ夢を見るということに対する」

柳の言葉に慎也は、確かに、と頷くと同時に、今更の疑念も覚えた。

「同じ……なのでしょうか。本当に」

「疑うのか？」

途端に柳の眉間に不快さの表れである縦皺《たてじわ》が寄る。双眸《そうぼう》がより厳しくなり、あまりの迫力に慎也は、

「ひっ」

と悲鳴を上げてしまった。

「怖がるな。声も出ないとなると、話もできない」

顔が相当青ざめてでもいたのか、柳が苦笑し、視線を逸《そ》らせる。

「もう一杯」

「す、すみません」

気づけば慎也の身体は震えていた。酒を注ぎ足すのにもボトルを握る手が震えて安定せず、震えが収まるのを暫く待たねばならなくなった。

「ど、どうぞ」

「ああ」

なんとか酒を注いでグラスを差し出すと、柳は受け取り、一口飲んだ。

「疑ったわけではなく、どこまで同じなのかと思ったのです。なんというか、頭の中の映像を見せ合うことはできないので……」

「それはそうだな。画力があれば絵にしてみるというのもアリだが、生憎《あいにく》俺にそんな技術はない。お前は？」

柳に問われ、慎也は首を横に振った。

「絵は苦手です」

「お前も飲めよ。奢《おご》るぜ」

声の硬さから、未だに身を竦《すく》ませているのを感じたのだろう。柳が酒を勧めてくる。

「……奢っていただくわけには……」

断りはしたが、酒の力でも借りないと会話を継続させるのはつらい、と、慎也は男の提案に乗ることにした。

彼と同じバーボンを、氷を入れたグラスに注ぐ。

「乾杯」

「あ……乾杯」

グラスを差し出してきた柳に、グラスを差し出すことで応える。と、柳は更にグラスを近づけ、チン、と合わせたあとに、一口飲んだ。慎也もまた一口飲む。

飲むと少し落ち着きを取り戻すことができた気になり、小さく息を吐き出した。

「俺が見ている夢は、白一色の世界で、少年と愛を囁き合っているというものだ。少年の名は『シン』、俺は『小鳥』と呼んでいる」

ぽつぽつと柳が語り始める。ラブホテルで聞いた話と同じだ、と、慎也は頷き、夢の光景を頭に思い描き始めた。

「俺は『アロー』と呼ばれている。二人して永遠の愛を誓い合うという夢だ。俺の腕にも相手の腕にも、星形の痣がある。お前の夢は？」

「はい……」

慎也は頷き、彼もまた夢の話を始めた。

「やはり白一色の部屋で、アローという金髪の若者に愛を囁かれています。金髪に青い目。容姿の整った、逞しい若者です。僕は『小鳥』と呼ばれています。永遠の愛を誓い合い、抱き合っていています」

「『シン』の容姿は？」

と、ここで柳が問いを発してきたのに、慎也は首を傾《かし》げることとなった。

「……わかりません。伸ばした腕は華奢で、少年のようでしたが、姿を見たことはないような……」

「鏡でも近くにない限り、自分の姿は見られないか」

柳が納得した声を出す。ということは、と慎也は逆に彼に問いかけた。

「あなたはアローの容姿を知らない？」

「ああ。同じだ。『シン』の容姿を教えてやろうか？」

「はい」

慎也が頷くと柳はふっと笑い、思いを馳《は》せるような表情となった。

「プラチナブロンドというのか……薄い色の金髪の、綺麗な少年だ。瞳はグリーン。長い睫毛に紅《あか》い唇。まさに『天使のような美少年』だ」

「プラチナブロンドにグリーンの瞳……」

そういう容姿をしているのか、と、頷いた慎也を柳が真《ま》っ直《す》ぐに見つめる。

「お前も綺麗な顔をしているが、似てはいないな。そもそも『少年』だ。外国人の年齢はよくわからないが、十五、六なのではないかと思う……しかし」

と、ここで柳がまた、ふっと笑ったあとに、思いもかけない言葉を告げる。

「今の時代なら、淫行で捕まるな」

「…………」

冗談なのだろうか。柳の見た目からして、軽口を叩《たた》くようには思えなかったために、リアクションに戸惑うあまり、慎也はそのまま固まってしまった。

「俺も子供には興味がない。お前は？『アロー』というのはお前の好みの男か？」

そんな慎也を喋らせようとしたのか、柳がそう問うてくる。

「ど、どうでしょう。好みとか、好みではないとかは特に……」

答えなければ無視したことになる。それで慌てて慎也は口を開いたのだが、問われて初めて『好み』か否かなど、本当に考えたことがなかったと気づいた。

「金髪碧眼の男か。しかしどちらも外国人の容姿をしているのに、言葉は日本語なんだな」

そのこともまた、柳の指摘で気づいた、と察したときには慎也はまじまじと柳を見つめてしまっていた。

「ん？　今気づいたのか？」

柳に問われ、慎也は「はい」と頷くと同時に我に返った。

「あ……すみません」

凝視してしまった、と慌てて目を伏せたと同時に、柳のグラスが空《から》になっていることに気づき、顔を上げる。

「おかわりは……」

「なあ」

と、グラスに伸ばそうとしたその手を不意に柳に握られ、はっとする。

「もしやこの上がお前の住居か？」

ぎゅっと手を握ってきながら、カウンター越しに身を乗り出し、柳が問いかけてくる。

「え……あ……」

何気ない問いに頷きそうになったが、咄嗟に踏みとどまったのは、店ばかりか住居まで彼に知られてしまうのはどうかと思ったからだった。

人を外見で判断してはならないとは思うが、柳はとても真っ当な人間には見えない。彼がどういった職業についているのか等、まずは人となりを聞くべきではなかったか。

しかしどう切り出せばいいのだろう。迷いはしたが、黙っていることもできなかったので、慎也は勇気を出し、問いに問いで返すことにした。

「柳さんはどちらにお住まいなんですか？」

「新宿だ。これから来るか？」

「え？　あ……」

話題は無事に逸れた。が、どうしたらいいのか。断るべきだとは思ったが、己の手を握る力の強さが、拒絶を躊躇《ためら》わせた。

「お前の家でもいいんだぞ」

その上そう言われては「行きます」以外の答えの選択肢はなく、早々に戸締まりをすませると慎也は柳に連れられ、店の外に停《と》まっていた車へと乗り込んだ。

「家に戻る」

「かしこまりました」

黒塗りのドイツ車の運転席に座っていたのは、見るからに真っ当な職業にはついていそうにないチンピラ風の若い男だった。柳への態度は恭《うやうや》しげだったが、慎也を見る目は厳しく、足が竦むほどの迫力があった。

車中はしんと静まり返っていた。後部シートに並んで座ることになったが、柳は一言も発しようとせず、運転席の男も無言のままハンドルを握っていた。

住居は新宿とのことだったが、車が到着したのは渋谷と新宿の間にある、高級感溢れる雰囲気の高層マンションだった。

「明日の迎えはいらない」

「はい」

マンションの地下にある駐車場で柳は車を降りた。後部シートのドアを開いた運転手のチンピラにそう告げると、慎也を伴いエレベーターに向かおうとした。

そのとき、

「うおーっ」

という大声と共に、柱の陰から飛び出してきた一人の男が、柳へと向かってきた。彼の手にナイフがあることに気づいた慎也は恐怖と驚愕《きょうがく》からその場を動けずにいたのだが、柳に突き飛ばされ、コンクリの床に倒れ込んだ。

「ぐっ」

ドスッという低い音と共に、カラン、と刃物が落ちる音が響いた。柳は無事なのか、と、おそるおそる顔を上げた慎也の目に飛び込んできたのは、腹を押さえ蹲《うずくま》る先程の男を押さえ込んでいた柳の姿だった。

「秋山《あきやま》組か。たいがい、しつこいな」

「うるせえっ。離せっ」

男は罵声《ばせい》を張り上げていたが、柳の腕から逃れることはできないようだった。

「あとは任せる」

柳が駆け寄ってきた運転手役のチンピラに声をかけたあとに、男の首の側面に手刀を叩き込む。

「うっ」

気絶したらしい男がくずおれるところまでを呆然と見ていた慎也は立ち上がるのを忘れていたのだが、歩み寄ってきた柳に腕を摑まれ、身体を引き上げられた。

「大丈夫か」

「は、はい」

目の端に、チンピラが男を車へと引き摺《ず》っていく光景が映っている。

「ナイフも拾っておけよ」

慎也の視線を追ったのか、柳はチンピラに声をかけると、慎也の背を促し歩き始めた。

「怖がらせて悪かった。怪我《けが》はないか？」

「な、ないです……が……」

答える声が震える。足も震え、歩くのも覚束ない、と思っていると、柳がしっかりと身体を支えてくれた。

「今のは……」

背後で車のエンジン音がし、先程まで自分たちが乗っていた黒の外車が走り去っていく。

間違いなく柳は先程の男に殺されかかったというのに、なぜこうも平然としていられるのか、慎也にはまるで理解できなかった。

まさか自分の勘違いだったりするのだろうか。それで問いかけた慎也に対し、柳はさもたいしたことではないというような口調で答えてくれた。

「鉄砲玉だ。ここもそろそろ引き上げどきだな。狙われるのは二回目だ」

「鉄砲玉……」

ヤクザ映画では観たことがあるが、現実世界では当然、馴染《なじ》みのない単語だった。

「あなたは……」

ヤクザなのですか、と問いかけようとし、躊躇う。不興を買うのが心配だったからだが、問うまでもなく『ヤクザ』以外の何者でもないとわかったから、という理由のほうが大きかった。

どうしよう。やはりかかわるべき相手ではないのでは。

しかしもう、『かかわり』はできてしまっている。今、彼の手を振り払い、逃げたとしても、すぐに追いつかれ捕らえられてしまうだろう。

ナイフを持った相手にも臆することなく、逆に捕らえるほどだったのだから。

慎也は腕力にはまるで自信がなかった。テニスやゴルフは『たしなみ』として幼い頃から仕込まれていたが、いやいややっていたこともあって『人並み』以上の腕前にはなれなかった。

護身術も習いはしたが、真面目に学んでいなかったこともあって身についていない。何をどうしようともかなわない、と早々に諦めはしたが、恐怖心は募るばかりだった。

どうすれば彼から逃れられるのか。二人の間を繋《つな》ぐのは『共通の夢』ではあるが、それ以外には何もない。同じ夢を見るということはたいそう特殊ではあるだろうが、今のような危険な場面を見てしまったあとには、容易《たやす》く関係を持っていい相手とは思えなくなっていた。

とはいえ、関係を断つのは難しい。経営しているバーの場所も押さえられてしまっている。この先、彼と関わらないようにする術はないのだろうか。

とてつもない不安が胸に渦巻いている。しかし今の慎也には柳に促されるがまま、彼の部屋に向かう以外の道は許されていなかった。

3

柳のマンションは『豪奢《ごうしゃ》』の一言に尽きた。

慎也もまた旧財閥の御曹司であるので、金のかかり具合は見ればわかる。このマンションは所謂《いわゆる》『億ション』であり、最上階のこの部屋はペントハウスといわれる、マンション内でも最高の部屋だということは説明されずともわかった。

賃貸にしろ分譲にしろ、とてつもない額がかかっていることは間違いない。家具も調度品も壁にかかっている絵画も、『最上級』といわれる品だということも、そうしたものに触れることが多かった慎也にはよくわかっていた。

「立派な部屋……ですね」

沈黙を苦痛に感じたこともあり、そう告げた慎也を見下ろし、柳が淡々と答える。

「俺は寝られりゃ、なんでもいいけどな」

「……じゃあ、この部屋は？」

本人の好みではないということか。戸惑いから尋ねた慎也に対する柳の答えは、

「組が用意してくれた」

というもので、『組』ということはやはり、と、慎也は柳の職業を確信することができたのだった。

果たしてヤクザが『職業』といえるかはわからないが、と思っていた慎也に柳が問いかけてくる。

「何か飲むか」

「そう……ですね。何か……」

正直、喉は渇いていた上、落ち着きを取り戻したいという気持ちもあった。水か何かを求めようとしたのだが、慎也の答えを聞くより前に、柳は結論を出していた。

「シャンパンが冷えている。飲もうじゃないか」

「……あ……はい」

酒か。できれば避けたかった。アルコールをこれ以上飲めば気が大きくなり、このままベッドインすることになりかねない。はっきりとヤクザとわかった今、そして『鉄砲玉』に命を狙われるような男だとわかった今となっては、いかにして彼との関係を断つかということしか慎也は考えられなくなっていた。

しかし、そんな『危険な男』なだけに、機嫌を損ねることは避けたい、と彼の提案を受け入れる。

柳は満足そうに笑うと、「待ってろ」と言葉を残し、キッチンへと消えたが、すぐにシャンパンのボトルを手に戻ってきた。

「これでいいか？」

「はい。あ、開けましょうか？」

柳が手にしていたのは、ヴーヴ・クリコのイエローラベルだった。人気の品だ、と頷き、栓を抜こうと申し出たのは、職業柄といってよかった。

「いや、いい」

しかし柳はいとも容易に栓を抜くと、グラスを用意しようとしたのか、キッチンへと戻っていった。

「乾杯するか」

グラス二脚を手に戻ってきた柳が、シャンパンで満たしたグラスを慎也に手渡すとそう告げ、ニッと笑いかけてくる。

「はい」

何に対して乾杯をするのか。夢に？　内心首を傾げながらも頷いた慎也の目を真っ直ぐに見据え、柳が口を開いた。

「乾杯のあとには、夢の話をしようか」

「夢……ですか」

どんな話を、と疑問を覚えていた慎也のグラスに強引に自身のグラスをぶつけてきたあと、柳が問いを発してきた。

「いつから夢を見るようになった?」

「覚えて……ないですね」

本当に『夢の話』をするのだなと慎也は内心驚いていた。自分が考えていた以上に柳は、夢に対する好奇心が強いようだ。

慎也も勿論、同じ夢を見ることに関して疑問は覚えていたが、答えを見つけられる気がしなかったため、『そういうこともあるのだろう』ですまそうとしていたのかもしれない、と問いを重ねられ、自覚する。

「子供の頃にも見たか?」

「見たような……気がします」

記憶にないと言ったにもかかわらず、なぜ、柳は質問を続けるのか。考えよということなんだろうか。しかしなぜ?

訝《いぶか》りながらも、問われたことには答えねば、と、いつしか慎也は真剣に己の過去を振り返り始めていた。

「誰かに話したことは?　子供の頃から見ていたのなら、親とか」

「ありません」

食い気味で答えてしまったことに、柳の驚いたようなリアクションで気づかされ、慎也は少しバツの悪さを感じた。

「相談するような親じゃなかったってことか」

その上、理由まで見抜かれた、と首を竦めそうになったが、続く柳の問いかけには、はっとさせられることになった。

「お前の親は何をやってるんだ?」

「……勘当されたんです。なのでもう、他人ですね」

旧財閥系の企業グループのトップということをヤクザである柳には明かさないほうがいいだろう。それこそ勘当された身ではあるが、憎いわけではない。どちらかというと申し訳ないと感じていた。

一人息子であるのに世襲を断るしかなかった。多忙な父であったから、幼少期に遡っても共に過ごした記憶はあまりなかったが、育ててもらった恩はある。

母親は慎也が四歳のときに亡くなった。後添いをもらえと再三勧められたらしいが父が独り身で通したのは、多忙というよりは母への想いが強かったからではないかと母の弟、叔父はよくそう言っていた。

柳に父の名を知られるのは避けたい。それで慎也は逆に彼に問いかけることにした。

「柳さんも、幼い頃から夢を見ていましたか?」

「……どうだったか……いつの間にか見るようになっていた気がする」

話題の転換が不自然に感じられないといい。内心びくびくしていた慎也の心配を余所《よそ》に、会話は続いていった。

「俺も誰にも相談したことはない。不思議といえば不思議だが、同じ夢を見た、という思い込みもよくあると聞いたこともあったからな。しかし……」

ここで柳が言葉を途切れさせ、慎也を見やる。

「夢に見たままの星形の痣に驚いた。しかも同じ夢を見ているという。気になるじゃないか。そうだろう?」

「……はい」

確かに、気になる。こんな偶然があるとはとても思えない。なぜ、同じ夢を見るのか。そして二人の腕にある星形の痣。これも偶然とは思えない。

しかし。

「生まれ変わり——だったりしてな」

自嘲めいた笑みを浮かべ、柳が呟く。まるで同じことを考えていた、と慎也は息を吐き出した。

まさかとは思うが、あの夢は前世の記憶だったりするのだろうか。

前世。前世など、普通にあり得ることだろうか。小説や映画ではない。現実として、とてもあるとは思えない。

しかし、と慎也は柳を見やった。柳もまた慎也を見返してくる。

それならこの事象はどう説明するのだ。なぜ、今まで面識のなかった二人が同じ夢の記憶を共有しているというのか。

「あれは前世の記憶だったりするのでしょうか」

やはりあり得ないと思いつつ、慎也はそう、柳に問いかけた。

「どうだろうな」

柳も慎也同様、答えを持ち得なかったようで首を傾げ、シャンパンを飲んでいる。

「答え合わせをしたくても、やりようがないからな」

「そうですね……」

自分の前世を確かめることなど、できるはずがない。『前世が見える』ことを売りにしている占い師がテレビに出ていたのを見た記憶があるが、インチキとしか思えなかった。

「だが」

グラスのシャンパンを飲み干した柳が、自分でボトルを手に取り注ぎながら、くす、と笑いを漏らす。

「もしも本当に自分の前世だとしたら、『生まれ変わったそのあとも』というのを俺達はまさに実践しているわけだよな」

「……そう……ですね」

慎也がすぐに頷けなかったのは、夢の中でアローが告げた言葉の続きを思い出していたからだった。

『生まれ変わったそのあとも、お前に永遠の愛を誓おう』

永遠の愛を誓うのか。この男と。『鉄砲玉』に命を狙われるようなヤクザと、この先もかかわりを持ち続けることは、なんとしてでも避けたいと思ったはずだ。

「『愛』なんて語るガラじゃねえけどな」

顔に出したつもりはなかったというのに、柳がそう言い肩を竦める。

「…………」

そんなことはない。そう言うべきだろうか。しかしあまりに白々しくないか、と躊躇っていた慎也を見据え、柳がにやりと笑いかけてくる。

「ま、身体の相性はよかったよな」

「……っ」

柳の瞳に、欲情の焔《ほむら》が立ち上っているのを感じる。そもそも彼が家に誘ってきたのは、そうした行為をするためだとはわかっていた。が、相手がヤクザであると確信した今となっては、これ以上のかかわりは避けたいとしか慎也は思えなくなっていた。

とはいえ、あからさまに避ければ不興を買うだろう。結果、酷い目に遭わされるかもしれない。彼には店も突き止められてしまっている。

穏便に距離を取るにはどうしたらいいのだろう。暫く海外に行くというのはどうだろう。

しかし先立つものがない。叔父に相談してみようか。

それらの考えがぐるぐると頭の中で巡っており、咄嗟に言葉を返すことができずにいた慎也の身体に柳の腕が伸びてくる。

「怯えてんのか？　俺がヤクザだから」

「……っ。それは……」

ずばりと切り込まれ、慎也は答えようがなく、またも言葉に詰まった。

「まあ、正直には言えないよな」

柳が苦笑しつつ、慎也の腕を掴む。強い力はあたかも逃すまいとしているかのようで、慎也は意識するより前に身を竦ませてしまった。

これでは『怯えている』と言っているようなものだ。今は笑っているが、いつ、牙を剝《む》かれるかわからない。

「あの……」

何か言わねば。焦って口を開いたものの、結局は言葉に詰まってしまっていた慎也の目を柳がじっと見つめる。

「『愛している。私の小鳥』」

「それは……っ」

夢の中の『アロー』が告げた愛の言葉が、柳の口から零れ落ちる。その瞬間慎也の脳裏に、夢の光景が一気に広がっていった。

目の前にいるのは間違いなく、反社会的勢力に身を置く男だ。かかわってはいけない。逃げねばならない。

わかっていたはずなのに、慎也の唇から漏れた言葉は——。

「『愛しています』」

夢の中で『小鳥』が——シンが『アロー』に告げた愛の言葉だった。

「行くか、ベッドに」

柳がふっと笑い、慎也の腕を強く引く。彼の逞しい胸に抱き込まれることになり、慎也は焦ったが、その腕を振り解く勇気はなかった。

柳に抱えられるようにしてリビングを出て寝室へと向かう。キングサイズのベッドがあるだけの部屋の、そのベッドに二人もつれ合うようにして倒れ込んだときには、慎也は最早逃れる術はないと諦めていた。

諦めて——絶望感を抱いてもいい状況であるのに、ようやく求めていた腕を得られた喜びとしか表現できない感情が胸の中で渦巻いている。

なぜなのだろう。やはり我々は『アロー』と『シン』の生まれ変わりで、前世の記憶が相手を求めていると、そういうことなのだろうか。

「あ……っ」

いつの間にか服を脱がされ、全裸にされていた。裸の胸にむしゃぶりつくような勢いで柳が顔を埋めてくる。乳首を強く吸われ、堪らず背を仰《の》け反らせた慎也の口からは高い声が漏れていた。

今宵《こよい》も柳の愛撫は、執拗、かつ丁寧だった。乳首を攻められるのに弱いということは前回の行為でわかったからか、指先で、唇で、舌で、ときに甘噛《あまが》みするようにして、両方の乳首を愛撫する。

「や……っ……もう……っ……あっあっあっ」

またも胸だけでいきそうになってしまい、堪らず慎也は激しく首を横に振った。身体の奥底から相手を求める衝動が湧き起こってくるのを感じる。

欲しい。逞しい雄が。激しい突き上げが。これもまさに前世の――記憶？

いや。

夢の中で、こんな風に快感を得たことはあっただろうか。

気持ち的には満ち足りていた。しかし、体感的には――どうだっただろうか。

「あぁっ」

気づいたときには柳に両脚を抱え上げられ、ひくつきまくっていた後ろに猛《たけ》る雄の先端を押し当てられていた。

熱い。欲しい。欲しくてたまらない。

今、すぐにも。意識するより前に慎也の腰は、接合を求めるべく自然と突き出されていた。

「おいおい」

苦笑する声が遠いところで響く。

あれは『アロー』ではない。柳の声だ。

慎也はふと、我に返りかけたものの、直後に柳の雄に一気に奥まで貫かれ、結びかけた思考はあっという間に霧散していった。

「あっ……あぁっ……あっ……あっ……ああ……っ」

頭の中で極彩色の花火が何発も上がり、やがて視界が眩《まぶ》しさのあまり真っ白になっていく。

夢の中でも自分はこうも昂《たか》まりに昂まりまくっていたのだろうか。またもその思考が慎也の頭を過る。

「……っ」

わからない。だがきっと、そうであったに違いない。でなければアローに対し、ああも愛しい気持ちが募るはずがない。

愛している。この世に生があるかぎり。いや、生まれ変わったあとも——永遠に。

「あいして……っ……る……っ」

いつしか閉じてしまった瞼《まぶた》の裏に慎也は、夢の中の『アロー』の美しい笑顔を思い描いて

いた。

『愛している。私の可愛い小鳥』

幻の『アロー』が美しい瞳を細め、優しい声音で最も欲しい言葉を囁いてくれる。喘《あえ》ぎすぎて息苦しさを覚えつつあった慎也の頬には自然と笑みが浮かんでいた。

と、そのとき彼の耳に、下卑《げび》た男の声が響いた。

「ノリノリだな」

「……っ」

一気に現実に引き戻され、思わず目を開いた慎也の視界に飛び込んできたのは、傷痕のある頬を歪めて笑う柳の顔だった。

「さすが前世からの仲だ。身体の相性は最高だぜ」

激しい突き上げを続けながらも息を乱すことなく、にやりと笑いかけてくる柳は、夢の中の『アロー』とは似ても似つかない。

急速に気持ちが冷めていったと同時に汗ばむほど熱していた身体の熱もまた失《う》せていく。

慎也の変化を感じたのか、柳が唇を歪めたかと思うと、激しい突き上げを続けながら慎也の片脚を離し、その手で雄を握り込んできた。

「あぁ……っ」

萎えかけていた雄を一気に扱《しご》き上げられた慎也の口から高い声が漏れ、退きかけていた快楽の波が再び押し寄せてきた。

「いく……っ……あぁ……っあっあっあっ」

意識したわけではないが、今、慎也の瞳はしっかり閉じられていた。知らぬまに再び、夢の中の恋人『アロー』の姿を思い描いていた慎也の耳に、柳がふっと笑う声が響く。

どういう笑いであったかは、絶頂を迎えつつあった慎也が認識できるはずもなかった。

「あーッ」

前を、後ろを一気に攻められた結果、ついに耐え切れずに慎也は達し、白濁した液を二人の腹の間に放つ。

『愛してる』

ああ、と目を閉じたまま、大きく息を吐き出した慎也の脳裏にはやはり、『アロー』の麗しい顔が浮かんでいた。

『生まれ変わったそのあとも、お前に永遠の愛を誓おう』

生まれ変わったそのあとも――その言葉に慎也は我に返ると、現実を確かめようとおそるおそる目を開く。

やはり自分の上にいたのは柳だった。ちょうど慎也を見下ろしていた彼と目が合い、そのまま見つめ合う。

五秒。十秒。

なぜか目を逸らすことができなくなっていた慎也だが、柳はなぜ、こうも自分を見つめているのだろうという疑問も覚えた。

もしや彼も比べているのだろうか。夢の中の『シン』と自分を。

プラチナブロンドの美少年だということだった。髪は黒だし、何より既に『少年』ではない。

柳もまたがっかりしているのかもしれないと気づき、思わず慎也は笑ってしまった。お互いさまということか、と思ったからだが、どうやらその笑みを柳は親愛の情と認識したらしかった。

「不思議な縁だよな」

柳もまたニッと笑うと、ゆっくりと覆い被さってくる。首筋に顔を埋めてくる彼の唇に肌を吸われて、ちく、という痛みを覚え、慎也はたまらず腰を捩った。

収まりかけた快楽の焔が再び彼の中に芽生え始める。柳の唇が首筋から胸へと下り、乳首を口に含まれる。インターバルらしいインターバルをとらずに新たな行為へと進んでいく柳の性急ともいえる行為に戸惑いを感じながらも、慎也の腕が柳を押しやることはなかった。

再び息が上がり始め、萎えた雄に熱がこもっていく。またも自分が自然と目を閉じてしまっていたことに慎也が気づくことはなく、そのまま彼は肌に吸い痕を残しながら執拗に胸を舐る柳の行為に我を忘れていったのだった。

翌朝、慎也が目覚めたときには、横に柳の姿はなかった。

連絡先を交換した覚えはないのに、慎也の携帯にはその場にいない柳からのメッセージが届いていた。

『所用があって先に出る。オートロックなのでそのまま帰ってくれればいい。勿論、そのまま部屋にいてくれてもかまわない』

「………」

寝ている間にどれだけのことを探られたのか。薄ら寒い思いをしつつ慎也はスマートフォンから目を背け、はあ、と大きく溜め息をついた。

俯《うつむ》いたせいで自身の裸の胸が目に入る。一面に散るキスマークにぎょっとし、思わず凝視してしまってから目を逸らす。

昨夜も何度達したことだろう。柳の唇が首筋を、胸を、腕を、太腿《ふともも》を這《は》っていた、そんな昨夜の閨《ねや》での光景が脳裏に蘇り、いたたまれない気持ちが募る。

とにかく、帰ろう。シャワーを浴びたかったが、その間に柳が帰ってくるかもしれないと思うと愚図愚図《ぐずぐず》してはいられない、と、慌てて服を身に着け、部屋を飛び出した。

これからどうしよう。店兼家の場所は既に突き止められている。暫く海外にでも行くか。しかし長期間海外暮らしができるほどの蓄えはない。

とはいえひとまず帰宅はしよう。シャワーを浴びたい。そして荷物をまとめ、家を出る。そうしよう、と慎也は心を決め、帰路を急いだ。

帰宅後、すぐにシャワーを浴びたのだったが、頭から湯をかぶっているうちに、流れる水音のおかげか随分と気持ちが落ち着いてきた。

いてもたってもいられず、柳の部屋を辞したが、実際、柳から危害を加えられたというわけではない。恐れている理由は彼がヤクザだからだ。

『鉄砲玉』に命を狙われるのは幹部クラスということか。組が用意したというマンションからも、かなり上の地位にいるのだろうと推察できた。

ヤクザとはかかわりたくない。ごくまっとうな感覚だと思う。その上、彼との間には不思議としかいいようのない繋がりがある。

前世の――記憶？

そんなこと、あり得るのだろうか。しかしそうとしか説明ができない。それ以外に、同じ夢を見ることにも、そして、と己の右腕にある星形の痣を慎也は見やった。

同じ痣もあり、同じ夢を見る。夢の中の二人にもまた、同じ星形の痣がある。こんな偶然、あるのだろうか。ありえないとしか思えない。

それだけに怖いのだ、と溜め息をつき、蛇口をひねって湯を止める。どんなに考えても『らしい』程度の説明すら、思いつかない。となると『前世の記憶』しかなくなるわけだが、それもあり得ないとしか思えない。

正解がわからないだけに、かかわりを避けるしかない。いつまでもこうしているわけにはいかない、と慎也はバスルームを出た。

髪を乾かし、支度を整える。何にせよ、金はいる。金策のあては一人しか思いつかなかった。

バーを用意してくれた叔父を頼るしかない。心を許した友人など一人もいないし、当然ながら親は頼れない。叔父には申し訳ないが、と反省しながらも慎也は、せめてアポイントメントをとろうと叔父にメールを打った。

相談したいことがあるので時間をもらえないかという慎也のメールに叔父はすぐに反応してくれた。

『どうした？　Ｐホテルのラウンジで会おうか。十時半には行ける。どうだ？』

ありがとうございます、伺いますと返信をすると慎也はすぐに店兼自宅を出て有楽町にあるＰホテルへと向かった。

「慎也君、元気にしてた？」

慎也がホテルのラウンジに到着したときには既に叔父は席に着いており、笑顔で手を振って寄越《よこ》した。

「透《とおる》叔父さん、急にお呼び立てしてすみません」

「いや、全然かまわないよ。どうせ僕はお飾りの役員だからね。実質、仕事なんかないのさ」

肩を竦めてみせた叔父の言葉があながち謙遜ではないことを、慎也はよく知っていた。慎也の父は主要なグループ企業の経営陣は身内で固めたいとしており、強制的にそれまで勤務していた会社を辞めさせられた叔父は、縁もゆかりも、そして興味もないグループ会社のCFOとしてひがな一日、デスクに座るだけの日々を送っていると、以前本人から聞いていたからである。

それだけにリアクションには困る、と何も言えずにいた慎也に叔父は、

「ああ、ごめん。自虐が過ぎたね」

と自嘲してみせたあとに話題を変えてくれた。

「それよりなに？　相談って」

「あの……実は、暫くの間、身を隠したくて。それで少しばかりお金を都合してもらえないかと思ったんです。必ずお返ししますので」

あまり時間をとらせるのも悪い。それでストレートに告げた慎也の前で、叔父が驚いた顔になる。

「身を隠したいとは尋常じゃないな。一体何があったんだい？」

「実は……ひょんなことからヤクザとかかわりができてしまって、それでそのヤクザから身を隠したいと願っているんです」

「や、やくざ？　一体どうしてそんな……」

「それが……」

青ざめる叔父に慎也は、夢の話は置いておくことにし、柳とのハッテン場での出会いを説明した。

「なるほど。ヤクザに見初められてしまったってことか。慎也君、綺麗だからなあ」

「綺麗ではないんですが……」

自分の容姿が優れているという自覚のない慎也は、てっきり叔父が世辞を言ったのだと思い、それが理由ではないと思う、と首を横に振った。

とはいえ、『前世』を持ち出すわけにはいかない、と、明らかな外見の特徴を明かすことにする。

「偶然だと思うんですけど、右腕の肘の内側に同じ星形の痣があることが、妙に執着された理由じゃないかと思うんです」

「右腕に星形の痣？　慎也君にもあるの？」

「『も』？」

驚いた顔で告げた叔父の言葉が気になり、慎也はつい問い返していた。

『も』ということは他にもいるということだ。まさか叔父の腕にもあるというのだろうか。星形の痣というのはさほど珍しいものではなかったのか。そんな、と半ば呆然としていた慎也に叔父は、思いもかけない言葉を返してきた。

「いや、君を待っている間にこの雑誌を見ていたんだけど、ほら、このモデルの腕に星形の痣があるだろう？　彼、自分のチャームポイントは珍しいこの星形の痣だって記事の中で言っていて、確かに珍しくはあるけど、彼の場合、チャームポイントは顔じゃないのかと思っていたところだったからさ」

「これは……っ」

叔父が開いてみせた雑誌のページを見た瞬間、頭を殴られたような衝撃を覚え、慎也は絶句してしまった。

そこに写っていたのは、若い一人の男だった。涼やかな目元の美男子が上半身裸で立っている。

その腕には確かに星形の痣があった。自分と——そして柳とまったく同じように。

どういうことなのだろう。ほぼ思考力が働いていない状態の慎也はただ、写真の男を見つめてしまっていた。

「そんなに驚くことかね？」

叔父に笑われ、ようやく我に返る。

「……いや、その……こんなこともあるのかなと」

「ああ、そうか。そのヤクザにも同じところに星形の痣があると言ってたね。となると三人目か。面白い偶然だね」

おそらく叔父の反応は世間一般の人と同じものであろう。身体の同じ部位に同じ形の痣があると聞いたところで、『偶然』以外にとらえようがない。

しかし柳とは夢も共有している。それはさすがに『面白い偶然』で片づけられることではない。

偶然である可能性はゼロではないだろうが、著しく低い確率であるに違いない。とはいえ、やはり夢の話を切り出すのは躊躇われる、と言い淀《よど》んでいた慎也から雑誌を受け取ると叔父もまた誌面の男を見ながら笑顔で言葉を発した。

「にしても天は二物も三物も与えているね。彼、現役のT大生でしかも医学部だそうだ。モデルはバイトで学業に支障のない範囲にとどめているって。インタビューを読んでも素直そうないい子だよ。顔よし、スタイルよし。百八十二センチだって。加えて頭よし、しかも未来の医師。カードを持ちすぎだよね」

「……そうですよね」

ほら、と再び雑誌を差し出してきた叔父に頷き、記事を読み始める。

一問一答の、短いインタビューだった。叔父が今言っていたことがそのまま書いてある。

『チャームポイント』の答えには本当に『腕にある星形の痣』と書いてあった。それを受けての、痣を見せたポーズをとっているのだろう。

「片やT大秀才イケメンモデル、片やヤクザか。同じ星形の痣でも随分振り幅が大きいというか、住む世界が違いすぎるというか。うん、面白いね」

「………」

やはり叔父の感想は『面白い』で終わるようだ。しかし、と慎也は、まじまじと写真の男を見つめた。

なぜ彼は、星形の痣を『チャームポイント』などと言ったのだろう。理由も何も書いていない。そのために痣が写真に写ることになったが、それを狙ったのではないだろうか。

もしや彼もまた、この痣に何かしらの思い入れがあったりするのだろうか。それこそ――夢を見る、とか。

さすがにそれはないか。同じ痣がある、というだけで同じ夢を見るのではと考えるなど、思考が飛躍しすぎだ。自嘲しかけた慎也だったが、どうにも写真に写る星形の痣から目を逸らせなくなっていた。

プロフィールを見ると二十二歳。自分の一つ上だ。名前は――新森《しんもり》伊吹《いぶき》。芸名だろうか。

珍しい名だ。

彼に会ってみたい。

不意に慎也の胸にその衝動が湧き起こった。

会ってどうする、と頭の中でもう一人の自分の声がする。まさにそのとおり、と理性ではそう思うのに、感情がそれを凌駕《りょうが》する勢いで膨らんでくる。

「そんなに凝視して。余程気に入ったんだな。同じ星形の痣があるからかい？」

叔父は揶揄《やゆ》してきたが、慎也が「はい」と頷くと、

「なんと」

と驚いた顔になった。

「叔父さん、T大の医学部に伝手《つて》、ありませんか？」

叔父もまたT大出身だったため、一縷《いちる》の望みをかけ、問うてみる。

「さすがに現役の学生につながる伝手はない……が、いや、驚いた。本気なんだね」

叔父はますます驚いてみせたが、すぐ、

「あ、いや、待てよ」

と何か思いついた顔になった。

「あるんですか？」

伝手が、と、自分が意識するよりも随分と身を乗り出してしまっていた慎也は、叔父の、

「いや、伝手になるかはちょっとわからないんだが」

という言葉を聞き、肩を落とした。

「『彼』ならなんとかしてくれるかもしれない。そのモデルのことも、それに付きまとわれて困っているというヤクザのことも」

「え？」

落胆した直後に思いもかけない言葉を告げられ、慎也は戸惑いから顔を上げ、叔父を見やった。

「彼って誰なんです？」

「T大出身で、司法試験にも受かり、医師免許も持っているというスーパーマンがいるんだよ。後輩なんだが、以前、同窓会の集まりで紹介された」

「司法試験に医師免許？　すごいですね」

まさにスーパーマンだ、と驚き目を見開く。

「それで、医者なんですか？　弁護士か検事なんですか？」

裁判官という可能性もあるかと思いつつ問いかけた慎也は、叔父の答えに愕然《がくぜん》とすることになった。

「どちらでもない」

「えっ？　じゃあ、何をされているんですか？」

家業を継いだとかだろうか。それにしても医師免許の取得も司法試験の合格も決して簡単ではないだろうに、と半ば呆れ問いを重ねる。

「何もしていない」

「何も？」

どういうことなのか、まったく理解できずにいた慎也に、叔父が説明してくれた。

「代々地主だかなんだかで、金銭的には恵まれていて働く必要がないんだ。しかも本人、なんでもできてしまうものだから、逆にやり甲斐《がい》が見つからないと、世捨て人のような生活をしているそうだ」

「世捨て人……ですか」

なんとも贅沢《ぜいたく》な『世捨て人』である。有り余る能力を無駄にしているとは、とますます呆れてしまっていた慎也に、叔父が説明を続ける。

「能力は高いし人脈もあるというわけで、人助けを趣味にしているという話だった。頼られると基本、断ることはしないが、好みとしては『謎めいたもの』だそうだ。どうだ？　ぴったりじゃないか？　同じ痣があるヤクザとモデル。そして慎也君、君という」

「確かに」

そうですね、と頷いた慎也の頭に、一筋の希望が生まれる。

そうもすぐれた人であれば、夢の謎も解明できるのでは。前世は本当にあるのか。同じ夢を見る自分と柳は、それぞれ生まれ変わりなのか。そのことも聞いてみたい。

そしてもう一人。同じ痣を持つ男がいる。彼と会いたいという希望も叶《かな》えてもらえるというのだろうか。

「その方の連絡先を教えていただけますか?」

期待が高まってきたせいで、慎也の声は随分と弾んでしまっていた。

「ああ、勿論。それにお金もすぐに用立てるし、ああ、そうだ。当面はこのホテルに泊まるといい。僕の名前で部屋をとろう」

「ありがとうございます」

何から何まで、と頭を下げた慎也に叔父は「かまわないよ」と鷹揚《おうよう》に微笑む。

「遠慮なく頼ってくれ。身内なんだから」

「……ありがとう、叔父さん」

身内――勘当された身であるので、もしこれが父に知れたら叔父の立場が悪くなるに違いないのに、そんなことを少しも感じさせることなく手を差し伸べてくれる。

申し訳ないと思うのに、他に術がなく頼ってしまう。いつか叔父に恩を返すことができるといいと慎也は願い、心からの感謝を伝えようと改めて深く頭を下げたのだった。

4

叔父が紹介してくれた『世捨て人』の名は神野才《じんのさい》といった。ホテルのチェックインをしてくれたあとに、叔父が連絡を入れてくれたのだが、すぐに来てくれてかまわないということだったので、慎也はその足で渋谷区松濤《しょうとう》にある神野の家に向かった。

世捨て人ゆえ、なんの用事もないのだろうか。早急にことが運ぶのはありがたいと思いながら慎也は渋谷駅に降り立ち、聞いた住所を目指した。

松濤がお屋敷街であることは知っていたし、慎也の実家もかなりの大邸宅ではあった。が、一体どこまで外塀が続くのだという広大な敷地と、そびえたつ電動式の門を前にしては、臆せずにはいられなくなった。

インターホンを鳴らして少し待つと、スピーカーから、ガサ、という音が聞こえ、声が響いてきた。

『どちらさまでしょう』

「あの、巴です。叔父の――原山《はらやま》透の紹介で参りました」

緊張しつつ慎也が答えると、

『お待ちしておりました。どうぞ』

と告げたかと思うと、ブツ、とスピーカーの音声が切られると同時に、門が静かに開き始めた。

電動式の門の間から身体を滑り込ませ、中に入る。そこからまた広大な庭が続くのだが、建物に向かい歩きながら慎也は、今、応対してくれたのが神野なのだろうかと首を傾げた。

年齢ははっきりとは知らないが、叔父と自分の間、どちらかというと叔父寄りではないかと叔父は言っていた。それにしては随分若い声に感じた、と考えていた慎也の目が、間もなく到着する『邸宅』という表現が相応《ふさわ》しい建物の、玄関のドアを開いて中に立っている女性の姿をとらえ、待たせるわけにはいかないと足を速めた。

立ち尽くす女性の姿が明らかになるにつれ、慎也は違和感を覚えずにはいられなくなっていった。

「……すみません、お待たせしました」

ようやく彼女の前に到着し、頭を下げた慎也だが、その彼女はどう見ても自分よりも年下の美少女だった。

「どうぞ」

少女が慎也を一瞥《いちべつ》してから中に招く。

「………………」

先ほどの声は彼女だったのかと納得したと同時に、随分とハスキーだなと意外に思う。そして玄関のドアから一歩入ったときに、彼女の服装が目に入り、あまりのインパクトに慎也はつい息を呑んでしまった。

それが聞こえたのか、少女はちらと振り返ったものの、無言で中へと歩き出した。慌てて慎也も彼女のあとを追ったのだが、視線はどうしても少女のすらりと伸びた綺麗な足に吸い寄せられていった。

そう、腰まである黒髪も見事だったが、彼女は膝上何センチなのかと驚くほど短いタイトスカートを穿いていたのだった。長い足は真っ直ぐな上、傷一つ、痣一つない白い肌が実に瑞々《みずみず》しくも美しい。

一体彼女は誰なのだろう。神野という人の子供だろうか。叔父の話からなんとなく神野は独身の一人暮らしであるとイメージしていたが、はっきり聞いたわけではなかった。

と、視線を感じたのか、少女がちらと肩越しに振り返ったため、バツの悪さを覚えた慎也は彼女に話しかけてみた。

「あの、あなたは神野さんのお嬢さんですか？」

「は？」

途端に少女が足を止め、身体ごと慎也を振り返る。

「違います」

そしてそう一言告げるとまたくるりと踵《きびす》を返し、廊下を歩き出した。

「……すみません」

不快そうに見えたので謝ったものの、慎也は正直、あっけにとられていた。娘と言われて怒るということは、もしや、妻か。しかしそうも怒ることだろうかと首を傾げる。

妻を母と間違えれば怒られても仕方がないとは思う。しかし娘と間違うのは若く見えたということなのだからそう怒らずともいいような。

皆が皆、若く見られることを好むわけでもないしな、と慎也は己の既成概念を捨てたものの、再度『奥様ですか』と尋ねる勇気を持てぬままに、廊下の一番奥まったところにある部屋のドアの前で少女が足を止めるまでの間、無言のままでいた。

「先生、巴さんがいらっしゃいました」

ノックをし、返事を待たずにドアを開きながら少女が中に声をかける。

「どうぞ」

そうして大きく開いたドアの内側に立ち、慎也を中へと招いたのだが、部屋に足を踏み入れた途端、目に飛び込んできた男の姿に、またも慎也は声を失うこととなった。

「やあ。ようこそ」

椅子から立ち上がり、にこやかに声をかけてきた男は、実に特徴的な風貌をしていた。

顔立ちは物凄《ものすご》く整っている。今時市井《しせい》ではあまり見ないかっちりとしたオールバックの髪は黒々としていて艶《つや》があった。キリリとした目元、高い鼻梁、引き締まった口元と、非の打ち所のない美貌の持ち主である。年齢は二十代にも四十代にも見えるが、彼が『なんでもできる天才』にして『世捨て人』なのかと、慎也は挨拶をすることも忘れ、まじまじと男の顔を見つめてしまっていた。

「先生、この人、僕を先生の娘と間違えました」

と、そのとき少女がいかにも不快そうな声でそう告げたことで、慎也ははっと我に返り、慌てて非礼を詫びた。

「し、失礼しました。巴です。はじめまして。そして申し訳ありません」

最後の謝罪は少女に向けたものだったのだが、それを聞いて『先生』と呼ばれた男は、楽しげな笑い声を上げた。

「愛《あい》君が僕の娘！　初めてのパターンだね。残念ながら――というのもなんだが、彼は僕の助手で愛君という。愛君、娘と間違われたことがそんなに嬉しかったの？」

「嬉しいわけがありません」

むすっとして答えた少女のリアクションに驚く以前に慎也は、性別を間違えていたのかということに驚き、思わず声を漏らしてしまった。

「『彼』……だったんですね。すみません」

「謝る必要はありません」

途端に少女は——否、愛という名の少年はツンと澄ましてそう言ったかと思うと、神野をじろりと睨んだ。

「お飲み物は」

「そうだね。巴君と言ったか、君、今日は車？」

神野に問われ、慎也が「いえ、電車です」と答えると、

「それならシャンパンにしようか」

と笑顔を向けられ、昼間からか、と戸惑いを覚えた。

「下戸《げこ》じゃないよね？」

「あ、違います」

断ろうとしたわけではない。驚いただけなのだと、慌てて慎也は首を横に振る。

「ならよかった。打ち明け話をするにはアルコールの力を借りるのが一番だからね」

神野はにっこり笑ってそう言ったあと、ああ、と何かを思いついた顔になり改めて慎也に向かい右手を差し出してきた。

「失敬、僕の自己紹介をまだしていなかった。神野才だ。一才二才の才だ。才と呼んでくれればいい」

「よ、よろしくお願いします。巴慎也です。僕のことも『慎也』や『シン』とお呼びいただければ」

「それじゃあよろしく、シン君」

出した右手を握った慎也の手をしっかりと握り直し、神野は——才はそう微笑むと、ぱっと手を離した。

「愛君、シャンパンを」

「はい」

むっとした顔のまま愛が返事をし、部屋を出ていく。

「どうやら彼は君が気に入ったようだ」

「え？」

どう見ても不機嫌なようだったが、と戸惑いの声を上げた慎也を才はソファへと招き座らせると、にこにこしながら意外な言葉を告げたのだった。

「愛君は天邪鬼《あまのじゃく》でね。客人が気に入ったときにはああしてわざと不機嫌にしてみせるのさ」

「え……それは……」

とてもそうは見えなかったが、と首を傾げつつも慎也は向かい合わせに座った才に改めて頭を下げた。

「すみません、この度はお世話になります」

「そう硬くならなくていいよ。ええと、シン君は原山透さんの甥御《おいご》さんだそうだね。巴というとあの巴グループの？」

「はい。でも家を出ています。勘当されまして」

「そうなんだ。それで今は何を？」

「東銀座の小さなバーでバーテンをやっています。叔父が店を手配してくれまして」

「なるほど。オーナー兼バーテンということか。流行《はや》ってる？」

「食べていける程度には……前のオーナーのときからのお客さんが引き続き通ってくださってます」

用件に入る前の、軽いジャブともいえる当たり障りのない会話をしている間に、愛がシャンパングラスを二脚、運んできた。

「ありがとう。愛君も聞くだろう？」

グラスをサーブされ、才がそう愛に笑いかける。この少年にも話すことになるのかと、慎也が少し身構えたのを敏感に察したらしく、愛は、

「いいえ」

にべもないといった様子でそう言い捨てると、つんけんしたまま部屋を出ていってしまった。

「ね？　天邪鬼だろう？」

楽しげに笑いながら才がグラスを手に取り、差し出してくる。

「はあ……」

やはり本気で不機嫌なようにしか見えなかった、と同意しかねていた慎也だが、乾杯をしようということかと気づき、彼もまたグラスを手に取った。

「君の望みがかなうように」

言いながら才が、ニッと笑いかけてくる。

「……ありがとうございます」

乾杯、とグラスを差し出すと慎也は、才に倣いシャンパンを一口飲んだ。

「それで？　相談ごとというのは？」

グラスを手にしたまま、どこか物憂げに感じるような口調で才が問いかけてくる。

「はい……その……」

何からどう話したらいいのか。いざとなると言葉に詰まってしまっていたシンだったが、才はそれは巧みに話を聞き出してくれた。

「勘当されたのはもしや、君の性的指向のせいかな？　巴グループは確か世襲制だから」

「……っ。はい。そうなんです。僕は子孫を残せないので」

「そうなんだ。誰か特定のパートナーはいるの？」

「いません。今も……過去にも」

「そう。そんなに綺麗なのにね」

「綺麗じゃ……ないです」

世辞などいらないのにと思いつつ首を横に振ると、才は苦笑し、問いを再開した。

「相談事は最近出会った相手について？」

「……っ。そうなんです。ハッテン場のサウナで知り合ったのがヤクザで……一度関係を持ったら、どういう手を使ったのか店を突き止められてしまって」

「ヤクザから救ってほしいというのが相談事？」

「いえ……その……」

それもある。しかし本当に相談したいのは、と思うもなかなか思い切りがつかないでいた慎也に、またも才が助け舟を出してくれた。

「ヤクザと関係を持ってしまったのは、ヤクザと気づかなかったから？　それとも、断り切れなくて？　他に理由があったのかな？」

「……はい」

「どんな理由？」

そうして聞いてくれたのでようやく話す決心がついた、と、慎也は柳との出会いを――以前会ったサディスト気味の男から救ってくれた彼に、強引にホテルに連れていかれたこと、そこで柳から腕に同じ星形の痣があると指摘されたことを話した。

「偶然、同じ痣が同じ場所にあった。それで運命を感じて関係を持った？」

才は問うてきたが、それが答えとは思っていないのが表情からよくわかった。

「……それが……もっと奇妙な偶然があって」

「どんな？」

「夢、なんです」

「夢？」

絶妙なタイミングで繰り出される問いに答えていくうちに慎也は、自分も柳も昔から繰り返し同じ夢を見ていたのだが、それがまるで同じものであるという話の詳細を語ることができたのだった。

「なるほど、君は『シン』、ヤクザは『アロー』として同じ夢を見ていたというんだね。確かに珍しい偶然だね」

「はい……」

頷いた慎也の耳に、柳の言葉が蘇る。

『まったく、不思議な話だよ。前世なのかね、あれは』

『さすが前世からの仲だ。身体の相性は最高だぜ』

「前世の記憶……なんでしょうか。同じ夢を見るというのは」

とても信じられない。他に理由があってほしい。それで問いかけた慎也に対する才の答えは、

「どうだろうねえ」

という、頼りなさすぎるものだった。

「前世の記憶を持つとされている人は古今東西、何人もいた。真実か否かは判定のしようがないとはいえ、『前世の記憶』以外に説明がつかないとされていることもいくつもあるというしね。あり得ないとは言い切れないが、しかし……」

と、ここで才が言葉を切ったかと思うと、

「それで、君自身はどう感じているの？」

と慎也に聞いてきた。

「どう、というのは……」

「そのヤクザについてだよ。前世の恋人だと思うかい？　同じ痣があって、同じ夢を共有しているわけだけれども」

「……わかりません。それに……」

慎也はここで持参していた、叔父の雑誌から切り取らせてもらった、T大医学部学生兼モデルの青年の掲載されているページをポケットから取り出した。

「今日、見つけたんです。彼にも僕と同じところに同じ星形の痣があると」

「なんと。三人目か」

才は目を見開くと、慎也から受け取ったページをまじまじと見やったあと、はい、と返してくれた。

「君の痣、見せてもらってもいい？」

「はい」

頷き、慎也は袖口のボタンを外すと、肘の上までシャツの袖をまくり、痣を才に示した。

「どれ」

才が立ち上がったかと思うと、慎也の隣に腰を下ろし、腕をとった上でまじまじと痣を見る。

「生まれつきあるの？」

「物心ついたときにはあったような気がします」

「ふうん」

才は頷くと、尚も痣を見つめていたが、やがて、

「ありがとう」

と微笑み、立ち上がってまたもとの場所へと戻っていった。と、そのときノックと共にドアが開き、ボトルが入ったシャンパンクーラーを手に愛が部屋に入ってきた。

「おかわりを」

「ああ、ありがとう、愛君」

才はそう言うと、テーブルの上にあった雑誌のページを取り上げ、グラスにシャンパンを注ごうとする彼に問いかけた。

「愛君、彼、知ってる？」

「知りません。有名なんですか？」

ちらと紙片を見はしたが、興味なさそうに目を逸らした愛が、逆に才に問いかける。

「好み？」

だが才がにこやかに微笑みそう聞いたのには、呆れた顔になっただけで答えることなく、慎也のグラスにもシャンパンを注ぐとすぐに部屋を出てしまった。

「好みじゃなかったようだね」

才は慎也に笑いかけたあとに、まじまじと手にしたページを見つめる。

「確かに、君と同じ痣だ。しかも彼、自分のチャームポイントをこの痣というなんて、意味深だね」

「そうなんです。それであの」

自分と同じ感想を持ってくれたことに背中を押され、慎也は己の希望を才に伝えることができたのだった。

「できれば、会えないかと思ったんです。叔父はT大出身なので、医学部に伝手がないかと尋ねたら、ヤクザのこともあるし、才さんに頼んでみてはどうかと言われてそれで」

「わかった。仲立ちをすればいいんだね。この新森伊吹という青年と君との」

「えっ」

あまりにあっさり言われたため、慎也はそれが、承諾だということを認識できなかった。

「あの……会わせていただけるんですか？」

それで確認を取ったのだが、才に、

「そのために来たんだろう？」

と苦笑され、慌てて謝罪する。

「申し訳ありません。大変失礼なことを……」

「はは。そんなに恐縮しないで。今はヤクザとの接触を避けてホテルに宿泊しているんだよね。対面する場所はホテルのラウンジでいいかな？」

「はい……はい。あの、はい」

まさか会えるのか。頼みに来たもののそうも簡単に実現するとは思っていなかったため、慎也の返事は胡乱なものになってしまった。

「三日以内に会えるよう、約束するよ。連絡先を教えてもらえるかな？」

「はい。あの、はい！」

夢のようだ。いや、夢なのだろうか。本人が目の前にいなければ頬を叩くというレトロな動作をしているところだと思いながら慎也は、自身の振舞いを見て苦笑している才に対し、何度も首を縦に振ってみせ、更なる苦笑を誘ってしまったのだった。

興奮したままホテルに戻った慎也だったが、その夜のうちに才から連絡がくるとは予想もしていなかった。

『あ、シン君、連絡がついたよ』

「えっ⁉」

こうも早く、と驚いたせいで慎也の声は高くなってしまった。

『明日の午後三時にPホテルのラウンジでの待ち合わせでいいかな？』

「はい。大丈夫です。本当にありがとうございます！」

明日。今日お願いしたばかりなのに明日もう会えるのか。驚きと喜びから慎也は自然と声を弾ませていた。

『ヤクザについても調べているよ。柳というのはどうやらファーストネームだね。彼の動向も調べているから安心してほしい』

「ファーストネームだったんですか！」

意外だった。またも大きな声を上げた慎也に才は、

『わかり次第、連絡するね』

と告げ、電話を切った。

慎也は改めて雑誌から切り取ったページを手に取り、写真を見つめた。凛々《りり》しい、男らしい顔だ。スタイルもいい。しかも頭もいい。将来の医者だ。そんな彼と会って自分は何をしようとしているのか。

夢を見たことがあるかを確かめたい。しかし『見ない』と言われたら――？

話が終わってしまう。

それどころか、そんな用件で自分を呼びつけたのかとさぞ不快に感じることだろう。態度にも表されるかもしれない。怒りをぶつけられたらつらいだろうな、と写真を見ながら溜め息を漏らしている自分に気づき、自嘲する。

どうやら自分はこの写真でしか知らない人物に、酷く思い入れを持っているようだ。なぜなのか。腕の痣か。単に外見が好みだからという気がしなくもない。

しかし彼の性的指向は異性に向いている可能性のほうが高いのではないか。何を目的に呼び出されたのかとさぞ訝しがっていることだろう。

否定的な感情を抱かれての対面かと思うと、不安が込み上げてきてしまう。憂鬱にすら思えてきてしまっていたが、自分が頼んだことじゃないかと気力を奮い立たせる。

まずは痣について聞けばいい。なぜチャームポイントと言ったのかと。それから夢のことを聞く。夢など見ないと言われたら、すぐにも面談を終わらせることにしよう。

同じ痣があるので興味を抱いた。偶然だったのですね、すみませんでした。

謝罪の言葉を考えると、少し気が楽になった。おかしな話ではないと思う。そもそも彼のほうが痣を『チャームポイント』と雑誌のインタビューで告げたのだ。その責任は取ってもらうことにしよう。

あの『チャームポイント』が雑誌社の捏造《ねつぞう》ではないことを祈る。その可能性を思いついてはまた不安を煽られることとなったが、面談前にあれこれ考え不安になるのは無駄だ、と敢えて思考を手放すことにした。

すべては明日だ。叔父が気遣ってくれ、自力では決して泊まれないような高いダブルルームを用意してくれた。

自宅よりも余程寝心地のいいベッドに入り、目を閉じる。眠れない、と寝返りを打った慎也の脳裏に、ふと、柳の顔が浮かんだ。

彼から連絡はない。メールアドレスも携帯の番号も知られていることはわかっていたが、変えることで相手を刺激したくないと、敢えてそのままにしていた。

もう、飽きていてくれるといい。店にも当面休むと張り紙をしてきた。暫くホテルに滞在し、その後は海外に旅立つ。三か月も留守にすれば興味も失せるだろう。

才に頼むまでもなかった、という結論に達してくれるといい。そう願いながらも明日の面談への期待と不安が込み上げ、結局は眠れない夜を過ごすこととなった。

翌日、気もそぞろなときを過ごし、約束の十五時よりも一時間以上前に、慎也はラウンジで待機していた。

雑誌で顔はわかっているので、慎也から声をかけることになっていた。緊張する、とオーダーしたコーヒーを飲みながら慎也は、まだ来るはずがないと思いつつもラウンジの入り口を見つめ続けていた。

午後二時四十分。彼は姿を現した。

早すぎないか、と驚きながらも慎也は立ち上がり、長身の彼に向かい手を振った。すぐに気づいた彼が——伊吹が、笑顔になり歩み寄ってくる。

「こんにちは。シン君？　伊吹です」

「こ……こんにちは」

明るい。屈託ない笑顔が眩しすぎて逆に臆してしまいそうになりながら、慎也はなんとか作った笑顔を彼へと向けた。

「正直、驚いたよ、痣の話を聞きたいということにも、君にも痣があるということにも」

同じテーブルにつくと、慎也が口を開くより前に、伊吹は話し始めた。

「見せてくれる？」

「あ、はい」

頷き、袖を捲《まく》ろうとしたときに、オーダーを取りにラウンジの女性がやってきたため、会話は一時中断したものの、彼女が去った途端、再開されることとなった。

「痣、見せてもらえる?」

待ちきれないといった様子で伊吹が再び慎也にそう問いかけてくる。

「はい」

慎也は袖を捲り、痣を見せた。

「…………」

伊吹がまじまじと痣を見つめていたかと思うと、彼の手が伸び、手首を摑まれた。

「……っ」

「あ、ごめん。ちょっと信じられなくて」

急に触れたりして悪かった、と詫びてきた彼は、実に紳士的だと、ときめきを覚える。しかしこの分だとおそらく、ゲイではない。諦めを覚えかけていた慎也だったが、続く彼の言葉はその諦めをも覆すもので、声を失ってしまったのだった。

「おかしなことを聞くと思われるだろうけれど、シン君、君、繰り返し見る夢があったりしないかい?」

「……っ」

まさか夢の話を伊吹から切り出されようとは。啞然《あぜん》としながらも慎也は、まだ同じ夢と決まったわけではないと、なんとか気持ちを落ち着かせようとした。

「ど、どんな夢でしょうか」

それを確かめるのが先決だ。自分でも驚くほど声が震えていることを自覚しつつも、なんとか問いかけた慎也の前で、伊吹は少し躊躇ってみせたあとに、意を決した顔になり言葉を発する。

「生まれ変わったあとも永遠の愛を誓うという夢だ。『シン』と『アロー』として」

「それは……っ」

まさに同じ夢ではないのか。そんなことがあり得るのかと、固まってしまっていた慎也に、伊吹が熱い口調で言葉を続ける。

「『シン』が会いたいと言っていると聞いた瞬間から僕は期待していた。前世の恋人に会えるのではないかと」

「…………」

まさか。まさかその言葉が彼の口から出るなんて。

「君は『シン』なんだろう?」

きらきらと輝く瞳で、伊吹が問うてくる。

「『アロー』?」

まさか。まさかそんなことが。そう思っていたはずの慎也の口からはその名前が零れていた。

「ああ。僕だ」

伊吹がにっこりと微笑み、慎也に手を差し伸べてくる。

「やっと会えた。『シン』。僕はこの日を迎えるために、痣の話を至るところでし続けてきたんだ」

ようやく報われた、と微笑む伊吹は、心の底から嬉しそうに見える。

こんなことがあるのだろうか。呆然としながらも慎也は、自分がこのホテルに宿泊していると告げるときは今に違いないと気持ちを高めていた。

5

オーダーしたコーヒーを飲み干すより前に伊吹《いぶき》は、慎也《しんや》の部屋に行きたがった。

「ゆっくり話がしたいんだ。自己紹介もしたいし君のことも知りたい。ああ、夢みたいだ。いや、夢なのか」

伊吹はすっかり興奮していた。目を輝かせ、語り続ける彼を前に、慎也もすっかり舞い上がってしまい、請われるがままに彼を自分の部屋へと招いていた。

「雑誌で見つけてくれてありがとう。プロフィールは雑誌どおりだ。新森《しんもり》伊吹、本名だ。T大の医学部の学生で、アルバイトでモデルをしている。住んでいるのは荻窪《おぎくぼ》。家族は静岡に母が一人。亡くなった父は医者だった。それで僕も医者を目指すことにしたんだ」

「そう……なんですね」

「君は？」

「あの……」

一瞬、慎也は名字を名乗るのを躊躇《ためら》った。が、相手に名乗らせているのにフェアではないかと思い直し、本名を告げることにした。

「巴《ともえ》慎也です。『シン』は愛称で、今は東銀座のバーでバーテンをしています」

「夢の中の少年も『シン』という名だった。君はいくつ？　バーテンということは一応、成人はしているよね？」

「はい。二十一歳です。あの」

夢の話を確かめたい、と慎也は問いを発することにした。

「僕は幼い頃から同じ夢を繰り返し見ているのですが、あなたもそうなのですか？」

「ああ。さっきも言ったけれど、僕も同じ夢を見ている。右腕の肘《ひじ》の内側に星形の痣《あざ》を持つ美しい少年と永遠の愛を——それこそ、生まれ変わったそのあとも愛し合おうと誓い合っている夢を」

熱っぽい口調でそう告げた伊吹が、慎也を真《ま》っ直《す》ぐに見据えてくる。

「不思議だと常に思っていた。夢の中の僕には、今、僕の腕にあるのと同じ星形の痣がある。繰り返し繰り返し同じ夢を見ているうちに、もしや夢は自分の前世なんじゃないかと思うようになったんだ」

「前世……」

あまりに容易にその言葉が出てきたことに戸惑いを覚え、慎也はつい、声を漏らしてしまった。

「ああ、誤解しないでほしい。僕は別に妙な宗教にはまっているわけじゃないから。壺《つぼ》やお札を売ったりしないので安心して」

そんなことを言うともっと怪しいかな、と伊吹が苦笑する。

「実は子供の頃、亡くなった父が話してくれたんだ。前世について」

「お父さんが？」

親子で前世の話をするものだろうか。不思議に思い問いかけた慎也に伊吹は「それが」と苦笑めいた笑みを浮かべつつ話し始めた。

「父と母とは見合い結婚なんだけど、父は母を一目見た瞬間、前世の恋人だとわかったというんだ。一方、母のほうはそんな記憶がなかったそうで、話したら気味悪がられたので冗談ですませたと言っていた。子供心にも信じがたくて、父は冗談を言っているのだとばかり思っていたのだけれど、父が亡くなってから僕も何度も同じ夢を見るようになって、もしや父の話は本当だったのかと思うようになったんだ」

「お父さんに前世の記憶が……」

彼の父にも前世の記憶があったというのか。驚きしか感じていなかった慎也を前にし、伊吹が頭を掻《か》く。

「ごめん、話せば話すほど胡散臭《うさんくさ》いかな。でも、嘘《うそ》は一つもないよ」

そうして慎也を真っ直ぐに見据え、熱く訴えかけてくる。

「あの夢はきっと、僕たちの前世の夢に違いないよ。二人して同じ夢を見るなんて、普通に考えてあり得ないと思わないか？　それに僕らの腕にあるこの痣。決してありふれたものではないはずだよ。少なくとも僕は君と出会うまで、同じ痣の持ち主と会ったことはない」

「……っ」

自分は——ある。

星形の痣の持ち主にも。そして同じ夢を見ている男にも。

これはどういうことなのだろう。混乱してきた、と俯《うつむ》いた慎也は、不意に両肩を摑《つか》まれ、はっと我に返った。

「初めて会った瞬間、僕にはわかった。君は僕の前世の恋人だ。君は僕に感じるところはない？　愛《いと》しい気持ちは湧《わ》いてこない？」

「僕は……」

キラキラと輝く伊吹の瞳の光に、気持ちが吸い込まれていくのがわかる。慎也の脳裏には今、夢の中で同じく愛を囁《ささや》くアローの顔が浮かんでいた。

『愛している。この世に生があるかぎり……いや、この命が尽き、生まれ変わったそのあとも、お前に永遠の愛を誓おう』

青い瞳の幻に、伊吹の瞳が重なる。アローとどこか面差《おもざ》しも似ている気がする、と気づいたときには慎也の手は伊吹の頰へと伸びていた。

「愛してる」

伊吹がその手を摑み、慎也にそう、囁いてくる。

「僕も……」

慎也の頭の中で夢の中の己の声が——否、『小鳥』と呼ばれていた少年の声がぐるぐると巡って響く。

「僕も……『僕も愛しています。生まれ変わったあとも、あなただけを』」

「やっぱり……君は僕の恋人だ」

目の前の伊吹の顔に、嬉《うれ》しげな笑みがぱっと広がる。それを見て慎也は自分が夢と同じ愛の言葉を彼に告げたと悟ったのだった。

「愛してる」

伊吹の腕が慎也の背に回り、唇がゆっくりと近づいてくる。

今、会ったばかりじゃないかとか、前世の記憶など到底信じられないとか。浮かんで当然の思考はなぜか慎也の頭には少しも浮かんでこなかった。

そしてもう一人の痣の持ち主のことも——目を閉じ、キスを受け入れたと同時に慎也の胸には、夢の中で抱いていた『アロー』への愛しさが溢《あふ》れ、堪《たま》らず伊吹の背にしがみついていた。

「『シン』」

伊吹が唇を離し、微笑《ほほえ》みかけてきたあと、ちらと背後のベッドを見やる。そのまま押し倒していいかという問いであることをすぐに察した慎也は、勿論《もちろん》、と頷《うなず》いたあとに自らベッドへと倒れ込んでいった。

「ん……んん……っ」

キスを続けながら二人して自ら服を脱ぎ捨て、全裸になって絡み合う。慎也の息はすっかり上がり、身体《からだ》は早くも熱してきてしまっていた。

己にのしかかる伊吹の見事な裸体。夢で見たアローは金髪碧眼《へきがん》の外国人だったが、綺麗《きれい》に割れた腹筋も、己を愛撫《あいぶ》するために動くたびに盛り上がる腕の筋肉も、日本人離れした長い脚も、アローに遜色ない——どころか、まるで同じに見えた。

そしてこの快感も。伊吹の細く長い指によって与えられる丁寧な愛撫が慎也をこの上なく昂《たか》めていく。

本当に愛しそうに、そして大切なものを扱うかのように、丁寧に接してくれるのがわかり、そのことに尚更《なおさら》、慎也の劣情は煽《あお》られる。

「あ……っ……あぁ……っ……あっあっあっ」

室内に響くやたらと高い声が己のものだという自覚は、最早《もはや》慎也にはなかった。胸を弄《いじ》られ、雄を握られ、堪らない気持ちが増していく。

「や……っ……だめ……っ……」

しかし伊吹が迷うことなく慎也の下肢に顔を埋《うず》め、雄を咥《くわ》えてきたときには、申し訳なさが募り、初めて拒絶めいた言葉を口にしていた。

「……だめ？」

伊吹が雄を口から離し、じっと慎也を見上げてくる。

「だって……きたない……」

今更ではあるがシャワーも浴びていない。今までフェラチオをされることもあまりなかったし、してほしいと頼まれたときにも断っていた。

柳《やなぎ》にはされた。が、悪いという感覚はそのときにはなぜか芽生えなかった。恐れを抱いていたからかもしれない。

だがこうも美しい、清廉な印象のある伊吹にしてもらうなど申し訳ない、と理由を告げると伊吹は、安堵《あんど》した表情となり慎也に笑いかけてきた。

「僕がしたいんだ。夢の中と同じく」

「…………あ……っ」

その笑顔を眩《まぶ》しいと思うと同時に慎也は、伊吹が夢の中でフェラチオをしたということに対し、なんともいえない気持ちになった。

『小鳥』と呼ばれていたのは自分だ。名前も同じ『シン』だという。しかし慎也本人ではない。そのことに、もやっとした思いを抱いてしまう。

これはもしや嫉妬だろうか。自分の前世に？　何より、会ったばかりの相手に恋をしているのか？　なぜ。前世で誓い合ったから？　生まれ変わっても永遠に愛し続けようと？

「やぁ……っ」

違和感は次々に膨らんできたが、そのいちいちに答えを見つけるより前に、フェラチオによる快感が慎也の思考力を奪っていった。

「あ……っ……はぁ……っ……あっあっあっ」

熱い口内の感触に、巧みな舌の動きに、一気に絶頂へと導かれた慎也の背は大きく仰《の》け反り、唇からはこらえきれない喘《あえ》ぎが漏れる。

執拗《しつよう》なくらい丁寧にフェラチオを続けながら伊吹は、喘ぎまくる慎也の後ろをも丁寧に解《ほぐ》してくれ、達してしまうぎりぎりのところで雄を口から離し、指を後ろから引き抜いた。

「あ……っ」

ひくひくと後ろが蠢《うごめ》き、外気を感じた雄が熱く震える。たまらない、と、身を竦《すく》めた慎也の両脚を抱え上げると伊吹は勃《た》ちきっていた彼の雄を後ろにあてがい、ずぶりと先端を挿入させてきた。

「や……っ」

待ちきれない、と、深い接合を求めるあまり、慎也の腰が自然と突き出される。

「シン……」

一瞬、伊吹の動きが止まったことに気づき、素に戻りかけた慎也だったが、次の瞬間、伊吹がぐっと腰を進めてきたことでまた、彼の意識は快楽に呑《の》み込まれていった。

「あ……っ……はぁ……っ……あっあっあっ」

激しく力強い突き上げに、慎也は早くも絶頂を迎えつつあった。頭の中で極彩色の花火が何発も上がり、光が集まりやがて真っ白になっていく。

「もう……っ……あぁ……っ……もう……もう……っ」

喘ぎ過ぎて息苦しい。しかしこの苦しさもまた快感だ。朦朧《もうろう》とした意識の中、高く喘ぎ続けていた慎也の耳に、確かに夢と同じ『声』が響いてきた。

『愛している、私の小鳥』

「愛してる……っ」

自分もまた夢と同じく、愛の言葉を口にする。今まで生きてきた中で慎也は『愛している』という言葉を誰にも告げたことがなかった。

ハッテン場で出会う行きずりの相手の中には、軽い調子で『愛してる』と囁いてくる相手もいたが、愛などあるはずがないと本気には取っていなかったし、自分も『愛』を感じたことはなかった。しかし今、この胸にあるのは紛《まが》うかたなく『愛』だ、と、いつしか閉じてしまっていた瞳を開き、己をこうも快楽の絶頂へと導いてくれている相手を見上げる。

「愛してる」

視線を捕らえ、にっこりと笑いかけてきたその笑顔。ああ、夢と同じだ、と思った慎也の頬にも笑みが浮かんできた。

目を見交わし笑い合ったあとに、伊吹が慎也の片脚を離し、その手で二人の腹の間、パンパンに張り詰めていた雄を握り、一気に扱《しご》き上げてくる。

「アーッ」

堪えに堪えてきたところへの直接的な刺激に、慎也はすぐさま達したが、気持ち的にも幸福の絶頂にいた。

こうも満たされた行為があるなんて。射精を受け、激しく後ろが収縮する。それが刺激となったようで、伊吹が低く声を漏らし達したため、ずしりとした彼の精液の重さを後ろに感じ、ますます満ち足りた気持ちになる。

もう、離したくない。離れたくない。やっと会えた。息を乱しながらも慎也は両手両脚で伊吹の背をしっかりと抱き締めてしまっていた。

「……やっぱり間違いない。君は僕の『小鳥』だ」

伊吹もまたうっとりした声を上げつつ、慎也を抱き締めてくる。未《いま》だ慎也の中にある彼の雄がどくんと脈打ち、みるみるうちにかさを取り戻してくるのを感じた慎也の身体にも再び熱が籠《こ》もり始めており、二人して微笑み頷くと、インターバルを置く間も惜しみ、二度目の絶頂へと向かうべく、行為に没頭していったのだった。

二度では終わらず、三度、四度と互いに精を吐き出したあと、疲れ果てたこともあって慎也は伊吹の腕の中でうつらうつらとしていた。

伊吹が時折、愛しげに唇を頬に、瞼《まぶた》に、額に、眉に、ときに唇に落としてくれる。優しいその感触も心地よい、と微笑んでいた慎也の耳に、感慨深い口調で告げられる伊吹の声が響く。

「やっと会えた。やはり僕たちは前世からの恋人同士だったんだね」

「……うん……」

この声。確かに夢の中で聞いた声とよく似ている——気がする。印象もかぶる。いつも夢の中で自分に愛を囁いてくれた『アロー』の生まれ変わりだからだろう。

やっと会えた。そう。やっと会えたのだ。ますます微笑んでしまっていた慎也だが、続く伊吹の言葉はそんな彼を幸福なまどろみから一気に現実へと引き戻すほどのインパクトのあるものだった。

「腕に同じ痣を持ち、同じ夢の記憶を持つ。そんな相手が他にいるはずもないのだし」

「……っ」

他に——いるのだ。右腕に星形の痣を持ち、夢の記憶を持つ男が。

流されるがまま、伊吹に抱かれたときに慎也は、そのことに気づきながらも考えることを後回しにしていた。

だがもう、目を背けていることはできない、と伊吹を見る。

「どうしたの？」

不意に目を見開いたからか、それともよほど悲愴感《ひそうかん》溢れる表情に見えたのか、伊吹が驚いたように慎也に問いかけてきた。

「あの……夢の話、誰かにしませんでしたか？」

同じ夢を見る理由として、慎也が一番に思いついたのがそれだった。痣の説明はつかないものの、夢の記憶の共有には『他人《ひと》から聞いた』可能性が最も高いと思ったからだが、伊吹はあっさりその可能性を潰してくれた。

「誰にも話したことはないよ。内容が内容だしね」

「そう……」

「君は？　誰かに話したことがあるの？」

「ありません。誰にも。本当に、誰にも」

つい強調してしまった慎也を前に、伊吹が不思議そうな顔になる。

「どうしたの？」

「……実は……」

どう話せばいいのか。一瞬迷ったが慎也は事実を話すしかないかと心を決め、口を開いた。

「同じ夢を見るという男がもう一人いるんです」

「……え？」

伊吹の目が見開かれる。

「それはどういうこと？」

理解できない、と首を傾《かし》げる彼に慎也は、自分もまた理解できないのだと思いながら、説明を続けた。

「腕に痣もありました。その人は自分を『アロー』の生まれ変わりだと言っていて……」

「ちょっと待ってくれ。アローの生まれ変わりは僕のはずだ」

伊吹が慎也の言葉を遮ると、自身の腕の痣を示してみせる。

「こうして星形の痣もあるし、繰り返し同じ夢を見続けている」

「その人の痣も、これと……そして僕の痣と、まるで同じでした」

言いながら慎也もまた右肘の内側にある星形の痣を伊吹に見せた。

「誰なんだい？　その人は」

伊吹の眉間には不快さを物語る縦皺《たてじわ》がくっきりと刻まれていた。

「柳と名乗っていました」

「君との関係は？」

「会ったばかりの人です。その……サウナで」

「…………」

だんだんと言いづらい内容になってきた。『サウナ』から伊吹はハッテン場を正しく連想するに違いない。

夢の中の『シン』は一途《いちず》に『アロー』を思っていた。もし伊吹が『シン』と自分を重ねていたとすれば、ハッテン場で男と出会うなど幻滅する以外の何ものでもないだろう。

嫌われたかもしれない。明かさないほうがよかっただろうか。後悔していた慎也だったが、それではいつまでも答えが見つからないではないかとなんとか気持ちを切り換え、話を再開した。

「僕は夢の話を誰にもしたことがなかったので、本当に驚きました。その人に、夢は前世に違いないと言われ、そんなことがあり得るんだろうかと思いながらも、それ以外に説明はつかないかもしれないと信じつつありました。そんなとき、偶然雑誌であなたの腕の痣を見て、それで……」

「……ねえ、シン君」

と、ここで伊吹が意を決したような表情で声をかけてきたのに、慎也ははっとし、彼へと視線を向けた。

「はい……」

「勘違いだったら正してくれていい。君はもしかしてその男が『アロー』の生まれ変わりであることを認めていないんじゃないか？　だからこそ、僕の腕の痣が気になった。君はその男よりも僕が『アロー』の生まれ変わりであると期待して——いや、望んで、それで僕とコンタクトをとろうとした。違う？」

伊吹が微笑みながら慎也にそう問いかけてくる。彼の顔に笑みがあることでこうも安堵するとは、と自分に驚きながらも慎也は、まさにそのとおりだと頷いた。

「だから僕に聞いたんだね。夢の話を誰かにしたことはないかと」

「はい。痣はともかく、夢の記憶が同じであることには本当に驚いてしまって」

正直なところを告げた慎也の前で、伊吹が首を傾げる。

「しかし僕も、誰にも夢の話をしたことはない。二人とも話したことがないのであれば、第三者が知るはずがないんだが……あ」

「あの……？」

何か思いついた顔になった伊吹に、どうしたのだと問いかける。

「いや、生まれ変わりについて、一時期調べたことがあってね。中に興味深い説があったと思い出したんだ」

伊吹は苦笑めいた笑みを浮かべていた。

「どんな説なんですか？」

その顔だと、本人は納得していないのだろう。察しながら問いかけた慎也に伊吹が告げた『説』は、確かに荒唐無稽と思われるものだった。

「よく、偉人の生まれ変わりという人物が複数出てきたりするだろう？　ジャンヌ・ダルクの生まれ変わりだの、マリー・アントワネットの生まれ変わりだの」

「ありますね。誇大妄想なんじゃないかと思わざるを得ないものも多数」

「同じ時代に生まれ変わりが生きているなんてことはまずあり得ない――と考えるのが普通だと思うけど、人の魂はいくつにも分割することもあるので、生まれ変わりを主張する人が複数人いても当然という説があるそうだ」

「それはちょっと……」

乱暴な、と言いそうになり、慎也は慌てて口を閉ざした。

「僕も信じているわけじゃないよ」

言いたいことがわかったのか、伊吹が苦笑し肩を竦める。

「すみません……」

「謝る必要はない。そもそも、前世とか生まれ変わりとか、それ自体が相当現実味のない話題だと思うよ。僕も自分のことじゃなかったら、何を馬鹿なことを言っているんだと思うに違いないし」

「…………」

すぐにフォローめいたことを言ってくれ、優しく微笑みかけてくる伊吹に対する慎也の好感度はますます高くなっていった。

「そういう意味では、なんでも『あり』という気はするけれど、しかし、『アロー』が二人いるというのは、僕としては違和感があるよ」

いつしかじっと見つめてしまっていた慎也の視線の先では、伊吹が表情を曇らせ、一人考え込んでいる。

「……何かからくりがあるんでしょうか」

慎也としても、魂が分割するという説には違和感を覚えずにはいられなかった。一方、伊吹が『アロー』の生まれ変わりであるということには、違和感はまるでない。

「あの……」

自分には違和感はない。しかし伊吹はどうだろう。夢で見た『シン』の生まれ変わりが自分であるということに対して、どういう気持ちを抱いているのか、聞いておいたほうがいいだろう、と慎也は考え込んだ様子の彼におずおずと声をかけた。

「なに？」

にっこり、と伊吹が微笑み、慎也を見る。

「僕は『アロー』の生まれ変わりはあなただと思いました。こうして話していても以前から知っていたような気にすらなっています。新森さんはどうですか？　僕をその……」

『シン』の生まれ変わりと感じているだろうか。夢の中の『シン』はプラチナブロンドの髪を持つ美しい少年だという。自分と容姿も違えば、年齢も違う。ハッテン場に通うような男だということも先ほど自らばらしてしまった。

お前など『シン』でも『小鳥』でもないと、実は思っていたりしないだろうか。案じながら問いかけた慎也に向かい、伊吹が手を差し伸べてくる。

「伊吹と呼んでほしい。僕は慎也と呼んでもいい？」

「え？」

嬉しすぎる返しに慎也の声は弾んだ。

「『シン』は愛称だと聞いたから。皆が呼ぶ名ではなく、僕だけが呼ぶように呼びたいんだ。どうかな？」

「……嬉しいです」

よかった、と思わず大きく息を吐いた慎也を抱き寄せ、伊吹が問いかけてくる。

「どうしたの、一体」

「夢の中の『シン』とは全然違う、と言われるかと思ったから……」

「馬鹿だな。そんなはずがないよ。それを言うなら僕だってそうだ。『アロー』は外国人のようだから、外見も全然違うだろうし」

「いえ。全然、違和感ありませんでした。あなたが『アロー』だと思いました！」

少しの嘘もなく慎也はそう言い伊吹の背を抱き締めると、耳元で望まれた通りの呼び方で名を呼んだ。

「伊吹……さん」

「『さん』もいらない。慎也」

伊吹もまた一段と強い力で慎也の背を抱き締め返し、耳元で名を囁いてくれる。

「伊吹」

「慎也」

いつしかしっかりと抱き合っていた腕をほぼ同時に緩め、くちづけを交わす。まさに夢で見たとおりの『生まれ変わっても』だ、と、この上ない幸福感に酔っていた慎也の頭から、そのとき柳の存在はすっかり消えていたのだった。


伊吹はモデルの仕事の打ち合わせが入っているとのことで、後ろ髪をひかれているのがありありとわかる様子ながら午後六時過ぎにホテルを出ることになった。

「明日も来てもいい?」

「勿論」

直接部屋に来てくれてかまわない、と慎也が言うと伊吹は、

「明日は授業が午前中で終わるから、一緒にランチを食べよう」

と微笑み、ホテルに着いたら連絡を入れると約束し、部屋を出ていった。

一人になると慎也は、この上ないほどの幸福感に酔いしれ、自分が夢を見ているのではないかとしか思えずにいた。

『アロー』は存在していた。まさに夢の中の彼そのものの、男らしくも美しい人だった。しかも自分のことも気に入ってくれている。

純真な少年ではない。容姿も『シン』よりかなり劣っているに違いない。なのに、愛を囁いてくれる。明日も来ると言ってくれる。

本当に幸せだ、と、胸がいっぱいになっていた慎也の脳裏に、ちらと柳の顔が浮かんだが、もう、忘れることにしよう、と気力で彼の姿を頭から消した。

柳とはもう、二度と会わなければいいのだ。そのためにこうしてホテルに身を隠している。叔父も、それに才も協力してくれているのだから、安心して潜んでいることとしよう。

今考えるべきことは、明日の昼、伊吹と何を食べに行くかだ。そのあとどのような時間を過ごすか。彼と今後、どういう毎日を送っていくか。楽しいことばかりじゃないか。

今まで特定の恋人を持つことのなかった慎也にとって、今日巡り合ったばかりとはいえ、お互いに相手に愛情を感じるという伊吹の存在は、幸福の塊のように感じられるものだった。

相当浮かれているという自覚を持つこともできないでいた慎也は、ふわふわとまるで雲の上にいるかのような状態で、早く翌日の昼間にならないかと楽しみにするあまり、その日も眠れない夜を過ごした。

翌日、約束どおり、伊吹から昼過ぎに電話があった。

『ホテルのレストランで食事をしよう。ロビーまで下りてこられる?』

「すぐ下りる」

朝からずっと電話を待ちわびていた慎也の支度は充分すぎるほどに整っていた。

『待ってる。あ、今日はこのあと、なんの予定もないから』

昨日はごめん、と告げる伊吹の声を聞いた瞬間、慎也の胸がどきりと高鳴る。

「すぐ行くから」

このあとなんの用事もないということは——昨日のベッドでのめくるめくような時間が慎也の脳裏に蘇《よみがえ》り、自然と頬が火照《ほて》ってくる。

火照るのは頬だけではなく、身体全体が今や快楽の予感に疼《うず》いていた。食事をとる時間も惜しい。しかし物欲しげな様子をするのは恥ずかしい。呆《あき》れられてしまうだろうから、と、思いはしたが頬の熱は収まらず、まったく、とままならない自分の身体の反応を持て余しながらも慎也は逸《はや》る気持ちを抑えつつ、部屋を出てエレベーターホールへと向かった。

エレベーターでロビー階に下りると、周囲を見渡すまでもなく、伊吹の長身を見つけることができた。彼がエレベーターホールのすぐ前に立っていてくれたからである。

「慎也」

「待たせてごめん」

「全然待ってないよ」

伊吹が満面の笑みを浮かべ、慎也にそう声をかける。

「何を食べよう。慎也は食べたいもの、ある？」

「うーん、伊吹は？」

ホテル内にはレストランはいくつかあった。ホテルの外に食べに行くのでもいいかもしれない、と思いつつ、慎也が伊吹に尋ねたそのとき――。

「よぉ」

聞き覚えのある――決して忘れることのできない低い声が響いたのに、慎也ははっとし、声の主へと視線を向けた。

「慎也？」

顔を向けた勢いがよすぎたためか、訝《いぶか》ったらしい伊吹が慎也の名を呼ぶ。

「……あ……」

慎也が顔を向けた方向から、彼に向かい、にやにや笑いながら近づいてきていたのは柳だった。

「……どうして……」

どうやって自分の居場所を探し当てたのか。青ざめる慎也の腕を伊吹が掴む。

「大丈夫だ」

小声で囁き、ぐっと腕を握る手に力を込めてくれる。怯《おび》えているのがわかったからだろうと慎也が彼へと視線を向けようとしたときには、柳は二人のすぐ近くまで歩み寄り、相変わらずにやつきながら慎也に話しかけてきた。

「シン、店、休むなんて聞いてねえぜ。その上、浮気か？」

「なんなんですか、あなたは」

慎也が答えるより前に、伊吹がそう告げ、キッと柳を睨《にら》む。頬に傷のある、どう見ても真っ当な職についているような相手ではない柳に対し、堂々とした態度で挑む彼への頼もしさは感じたものの、迷惑をかけてしまったらどうしよう、とおろおろし始めた慎也をちらと見やり、柳が視線を伊吹へと移す。

「お前こそなんなんだ？」

「ここは目立つ。外に出ましょう」

既にホテルの従業員やその場にいた客たちの注目を集めつつあったことには、慎也も気づいていた。

「外よりこいつの部屋に行こうぜ」

柳が『こいつ』と言いながら、親指で慎也を指さす。

「そこなら誰の邪魔も入らない。外でも充分目立つと思うがな、新森伊吹」

柳が真っ直ぐに顔を見据えたまま、伊吹のフルネームを口にする。

「……っ」

さすがに驚いたらしく息を呑んだ伊吹の横で慎也は、柳はなぜすべてを——自分の居場所も自分が恋しく思う相手の名前も知っているのだろうと、ただただ唖然《あぜん》とするしかなく立ち尽くしてしまっていた。

6

慎也が柳の言うがまま、彼を自分の宿泊している部屋へと連れていくことにしたのは、伊吹の立場を慮《おもんぱか》ってのことだった。

伊吹は雑誌に載るような有名人であるだけでなく、T大の医学部に在学中である。ヤクザと問題を起こしたなどということが大学に知られれば、立場的にまずいことになりかねないと考えたのだった。半分芸能人のようなものだから、週刊誌沙汰になるのも困る。そのため完全に人の目や耳をシャットアウトできるホテルの部屋を選んだのだが、それが今後の自分の身にどのような影響を齎《もたら》すかということまでは予測できるはずもなかった。

三人で部屋に入ると、柳はぐるりと室内を見渡し、

「なかなかいい部屋じゃないか」

と慎也に笑いかけてきた。

「原山透《はらやまとおる》というのはお前の親戚か？　随分と羽振りがいいな。この部屋をひと月も予約するとは」

「ど、どうして……」

叔父の名まで、と絶句する慎也を庇《かば》うようにして、伊吹が口を開く。

「あなたは一体何者です。なぜ、慎也につきまとうんですか。ホテルの予約名を調べたり、一緒にいる僕のことを調べたり。合法的な方法じゃありませんよね？」

「ヤクザ相手に威勢がいいな。伊吹君は」

「あなたに名前を呼ばれる筋合いはありません」

ぴしゃりと撥《は》ねのけ、尚も厳しい目で柳を睨む伊吹の傍らで慎也は、はらはらしながらも、このままではいけない、となけなしの勇気をかき集めていた。

勇気のある行動だとは思う。しかし、ヤクザに正攻法は通じない。伊吹の身に害が及ぶことは避けたい、と、なんとか口を開く。

「い、伊吹、こちらは柳さん……ま、前に話した、サウナで出会った人で、その……腕に星形の痣がある……」

「やっぱりそうか。柳さん、もう慎也につきまとうのはやめてもらえませんか」

「やめるわけにはいかない。なにせ前世からの仲なもんでね」

そう言ったかと思うと柳は、仕立てのいいスーツの上着を脱ぎ、近くのベッドへと放り投げたかと思うと、カフスを外してシャツの腕を捲《まく》り、痣を見せて寄越《よこ》した。

「本当だったんですね」

伊吹は一瞬、目を見開いたが、彼もまたシャツを捲り、星形の痣を柳に示す。

「雑誌で見せびらかしていたもんな」

柳は驚く素振りを見せなかった。余裕の笑みを浮かべた彼が視線を慎也へと向けてくる。

「こいつも『アロー』だというのか？　前世の記憶を夢で見ていると？」

「は、はい」

柳としては、否定の返事を予測していたようで、慎也が頷くと、

「へえ」

と感心した顔になった。

「まさかお前も『アロー』なのか？」

「僕が『アロー』だ。慎也もそれを認めている。お前は偽者だろうが」

伊吹の語調はますます厳しくなったが、柳は少しもこたえた素振りを見せなかった。

「偽者だったら理由を教えてほしいもんだぜ。なぜ、同じ夢を繰り返し見るのか。俺が『アロー』でこいつが『シン』で、同じ所に痣があることを確認し合い、この世に生があるかぎり、いや、生まれ変わったそのあとも永遠の愛を誓うなんていう甘い言葉を囁き合うそんな夢を」

にや、と柳が笑い、伊吹を見据え、問いかける。

「その分だとお前も見てるようだな、同じ夢を」

「同じだとは限らない」

伊吹の表情は相変わらず厳しい。ちらと視線を送ってきたのは、夢の話を柳にしたのかと問いたいからかと察した慎也は、首を横に振った上で、きちんと説明しようと口を開いた。

「夢の話は柳さんから切り出された。僕も本当に不思議なんだ。なぜ、柳さんが夢のことを知っているのか」

「知っているも何も、俺が見た夢だからな」

柳はわざとらしく肩を竦めたあとに、再び伊吹へと視線を向ける。

「俺もお前も、『シン』の夢を見てるんだよ。それに同じところに痣もある。どっちも『アロー』なんだ。そうとしか考えられねえだろ？」

「あり得ない。『アロー』は僕だ」

きっぱりと言い切ってはいたが、伊吹は混乱しているようだと、端整な彼の顔に浮かぶ表情を見て慎也はそう感じていた。

「残念ながら、俺も『アロー』なんだよ」

一方、柳には少しの迷いもないようである。彼は伊吹もまた『アロー』であることをまるで疑っていないのだなと、そのことに慎也は微《かす》かな違和感を覚えた。

とはいえ、自分と同じく雑誌の記事を見て、痣については知っていたからかもしれない、と柳を見る。視線を感じたのか、柳はちらと慎也を見たあと、慎也にとって、そしておそらく伊吹にとっても、思いもかけない言葉を告げたのだった。

「どうだ？　試してみないか？　どちらが『アロー』なのかを」

「……どういう意味だ？」

伊吹が硬い表情のまま問い返す。

「簡単だ。寝てみればいいんだよ」

「……え……？」

あっさりと告げられた言葉を聞き、伊吹が戸惑った顔になる。慎也もまた戸惑っていたのだが、続く柳の言葉を聞いては驚きの声を上げずにはいられなくなった。

「セックスで判断する。どちらが『アロー』なのか、シンに判断してもらうというのはどうだ？」

「えっ」

なぜそうなる、と驚きの声を上げた慎也を見て、柳がさも当然というように笑ってみせる。

「それ以外にどちらが本当の『アロー』かを、確かめる術《すべ》はないだろう」

「セックスって……そんな……」

何を言っているのか。声を失っていた慎也の横で、伊吹が憤った声を上げる。

「馬鹿げた話だ。慎也をお前に抱かせるわけがないだろう」

「もう抱いているけどな」

しかし柳にそう言われ、不快そうな顔になる。

「で？　お前はシンを抱いたのか？」

「あなたに話す義理はない」

「自信満々ってか？　俺のときにもこいつは随分と乱れたぜ。大事に愛撫されたことがない様子で」

「…………」

伊吹の顔にますます険が表れる。

「お前もそのようだな。だとしたら確かめてみないか？　どっちがシンを満足させられるのかを」

「悪趣味だ」

「悪趣味でもなんでも、自信があるなら、試せるはずだろ？」

「そんな……」

馬鹿げている、と慎也は拒絶しようとした。慎也にとっての『アロー』は伊吹であると断言できる。夢の中と同じ、否、それ以上の愛しさを覚えたのは伊吹だった。

柳に対しては恐怖しかない。確かにセックスのときには今まで体感したことのなかった快感を覚えた。しかしその記憶ももう、伊吹によって上書きされている。

試す必要などないのだ、と慎也が告げようとした、その直前に伊吹の凛《りん》とした声が室内に響き渡っていた。

「わかった。そのかわり約束してもらう。慎也が僕を選んだら二度と姿を現さないと」

「……っ」

まさか承諾するとは。唖然とした直後に慎也は、慌てて己の胸中を彼に、そして柳に訴えていた。

「もう決めています。伊吹が『アロー』です！　試すまでもありません！」

「それじゃ俺が納得しない。お前は単にこいつの容姿やバックグラウンドで選んでいるだけだろうが」

柳の指摘に、慎也よりまた先に伊吹が異論を唱えるべく口を開く。

「違う。僕たちは間違いなく、前世からの恋人同士だ。だから初めて顔を合わせたときから惹《ひ》かれ合うことになったんだ！」

「生憎《あいにく》俺にも前世の記憶があるんだよ。腕に痣もな」

言いながら柳が痣を示す。

「嘘だ！」

「嘘じゃない。さあ、さっさと試してみようぜ」

そう告げたかと思うと柳は己のネクタイを解《ほど》いた。

「わかった」

伊吹が頷き、彼もまたシャツのボタンを外し始める。

「………」

信じられない。異様すぎる光景を前に、慎也はただただ呆然《ぼうぜん》としていた。

「お前も脱げよ」

早くも上半身裸になった柳に声をかけられて尚、身動きが取れずにいたのだが、

「脱がしてやろうか？」

と言われては反応するしかなくなった。

「させるわけがないだろう」

既に全裸になっていた伊吹がそう言い放ち、慎也に手を差し伸べる。

「大丈夫だ。君は僕を選ぶに決まっている」

「はい」

そうだ。選ぶのは自分だった。柳にわからしめればいいのだ。何があろうと自分の気持ちは伊吹にあると。それを納得させるために通らなければならない道であるのなら、と、慎也はようやく腹を括《くく》った。

「……絶対に、選びます」

「うん」

嬉しそうに伊吹が微笑む。彼が手を伸ばしてきたのに対し、慎也は、自分で脱ぐから大丈夫、と頷くと自ら服を脱ぎ始めた。

ちらと見やった先では柳も既に全裸となっている。二人とも羞恥を覚えないのは鍛え上げられた見事な体軀《たいく》の持ち主だからだろう。それに引き換え自分は、と貧弱な身体を恥じつつも全裸になった慎也をうっとりと見つめながら伊吹が呟《つぶや》くような声を上げる。

「本当に綺麗だ……」

「そうだな」

そんなことはない、と慎也が否定するより前に柳が同意し、慎也に向かい顎《あご》をしゃくってみせる。

「ベッドに行けよ」

「……はい」

二人の視線を痛いほどに浴びながら慎也はベッドに向かった。信じられないと否定的な感情を抱いていたはずなのに、欲情に塗《まみ》れた二人の視線が慎也の身体の芯にも欲情の火種を植え付ける。

ベッドの上、仰向《あおむ》けに横たわると、柳と伊吹もまたベッドに上がってきた。

「僕からいかせてもらおう」

伊吹が宣言し、慎也に覆い被《かぶ》さろうとする。

「一緒でいいだろ」

柳の言葉は慎也を、そして伊吹を驚かせるもので、二人して一瞬、固まってしまった。その隙に、というわけでもないだろうが、柳が慎也の下肢へと顔を埋めてくる。

「おい……っ」

我に返った様子で声を荒らげた伊吹を見やり、柳がまたも驚くべき言葉を口にする。

「お前は胸を弄ってやれ。少し乱暴なほうが好きだぞ、こいつは」

「……わかっている……っ」

柳に対し、伊吹は乱暴に言い捨てたかと思うと、むしゃぶりつくような勢いで慎也の胸に顔を埋めてきた。

「や……っ」

同時に柳に雄を咥えられ、慎也は一瞬にして快楽の坩堝《るつぼ》に身を投じることとなってしまった。

「や……っ……あっ……あっ……あぁ……っ」

伊吹が音を立てて慎也の乳首をしゃぶり、もう片方を指先で摘《つ》まみ上げてくる。柳の意外にも繊細な指が慎也の竿《さお》を扱き上げながら、先端のくびれた部分をこれでもかというほど執拗に舐《ねぶ》り続ける。

胸に、雄に、絶え間なく与えられる刺激に、あっという間に慎也は快楽の階段を駆け上らされ、絶頂近いところまで昂められてしまっていた。

「あぁ……っ……あっ……あっ……あっ……あぁーっ」

鼓動は早鐘のように打ち続け、息が上がりきり、呼吸困難ぎりぎりとなっている。全身から汗が吹き出し、吐く息さえ熱い、と、いつしか慎也はいやいやをするように激しく首を横に振っていた。

頭の中は真っ白で、何も考えることができない。激しい愛撫、しかも二人から。そんな体験を当然ながらしたことのなかった慎也の意識は、夢心地といっていいような状態となっていた。

「むね……っ……いい……っ……きもち……っ……いい……っ」

乳首を舌先で転がされたあと、痛いくらいに噛《か》まれると、たまらない気持ちになった。同時にもう片方の乳首は引っ張られるような強さで弄られ、それだけで達しそうになっている。

達しないでいられるのは、フェラチオを続けていた柳がしっかりと雄の根元を握り締めているからだった。

いきたいのにいけない。もどかしさが募り、ますます激しく首を横に振ってしまっていた慎也の後ろに柳の指が挿入される。

「やぁ……っ」

ぐっと奥まで挿入された指が、勢いよく慎也の中をかき回す。

「もう……っ……もう……っ……だめ……っ」

我慢できない、と身を捩《よじ》り、あられもない声を上げているという自覚は既に慎也からは失われていた。

「いく……っ……いく……っ……いっちゃう……っ……あぁ……っ……あぁ……っあーッ」

今すぐにも達したい。でも達せない。もどかしさに身悶《みもだ》える慎也の雄が、後ろが、一気に解放され、一瞬慎也は我に返りかけた。

「先、いかせてやるよ」

己の鼓動の音が頭の中で響くせいで、著しく失われている聴覚の向こう、柳の下卑《げび》た笑い声が聞こえる。

「え」

今戸惑いの声を上げた、これは伊吹の声か、と認識するより前に今度は胸に冷たい風を感じ、身を竦めた慎也の両脚を抱え上げる腕がある。

「待ってて」

甘い声音《こわね》。間違いなく伊吹のものだ。自然と微笑んでしまっていた慎也は、逞《たくま》しい伊吹の雄に一気に奥まで貫かれ、大きく背を仰け反らせた。

「あーッ」

高く啼《な》いているのが自分であるとは、相変わらずわかっていない。ただ、さきほどまでの、我慢を強《し》いられた上での『堪らない気持ち』は今やすっかり報われ、欲情の発露を求めていた慎也の雄は熱く震えていた。

「いく……っ……いく……っ……あぁ、もう、いく……っ」

今まで経験したことのない大きな――大きすぎる快感の中に今、慎也は封じ込まれていた。達すればきっと楽になれる。でもこのまま、何もかもが灼熱《しゃくねつ》の炎に焼かれるようなこの熱さの中で翻弄されていたいという思いもある。

「あぁ……っ……もう……っ……もう……っ……すて……き……っ」

頭も身体もおかしくなりそうだった。過ぎるほどの快感は恐怖めいた感情を呼び起こす。自分がどうにかなってしまいそうで怖い、と慎也が無意識のうちに両手を伸ばしたそのとき、

「なっ」

伊吹のぎょっとしたような声が響いたと同時に、それまで力強く慎也を突き上げていた彼の動きが止まった。

「……?……」

一瞬、素に戻ることとなった慎也は、いつしか閉じてしまっていた目を開けたのだが、己の視界に飛び込んできた光景の異様さに、彼もまた声を上げることになったのだった。

「え……っ」

「よせ。離れろ」

慎也の両脚を抱え上げ、後ろを雄で貫いていた伊吹の背後に柳がいる。まるで伊吹の背を抱き締めているかのようにぴたりと密着している柳を伊吹が肩越しに振り返り、睨みつける。

「俺もシンがイクときの顔を見たくなったのさ。気にせず続けてくれ」

しかし柳は離れることなく、逆に伊吹の背に体重をかけてきているようだった。重さを感じたことで慎也はそれを察したのだが、伊吹にとっては耐えがたかったようで、

「離れろ！」

と怒声を張り上げる。

「途中でやめたらシンが可哀想《かわいそう》だろうが」

ほら、と柳が笑い、ピシャ、と伊吹の尻を掌《てのひら》で叩《たた》く。

「よせっ」

ぞっとしたような声を上げる伊吹の動きは完全に止まっていた。

「続けられないなら、俺が代わるぜ？」

柳がにやりと笑い、退《ど》けよ、というように伊吹に向かい顎をしゃくってみせる。

「させるか……っ」

伊吹は悔しげな顔になったかと思うと、慎也へと視線を戻し両脚を抱え直した。

「ごめん」

「……うん……」

何が起こっているのか、慎也は理解できずにいた。柳の伊吹に対する嫌がらせなのか。それにしても視界に二人が入ると、自分がとんでもない行為をしていることを改めて自覚させ

られ、気まずい思いが増してきた。

どんどん素に戻ってきてしまい、それまで呑み込まれていた快楽の波が遠くなる。が、唇を引き結び、まるで自棄《やけ》になっているかのように腰の律動をそれまで以上の勢いで伊吹が再開してきたのに、彼の行為に応えねば、と気持ちをなんとか集中させていった。

「あ……っ……はぁ……っ……あっ……あっ」

違和感を覚えてはいたが、逃しかけていた快感の尻尾《しっぽ》を無事に捕らえることができた。そのまま身を任せるのみ、と目を閉じた慎也の耳にまた、伊吹の憤った声が響く。

「離れろっ」

「落ち着けよ。挿《い》れやしないさ」

「挿れられてたまるかっ」

腰の動きはそのままに、伊吹が己に密着する柳を怒鳴りつけている。またも混乱しかけた慎也だったが、気づいたらしい伊吹に「ごめん」と謝られた上に、一層激しく突き上げられるに至り、再び快楽のただ中に身を置くことに成功した。

「あぁ……っ……あっあっあっ……あぁ……っ」

奥深いところをリズミカルに抉《えぐ》られるうちに、絶頂へと導かれていった慎也の口からはあられもない声が放たれ、今にも達してしまいそうになった。

「手伝ってやろう」

と、柳の声がしたと思うと、

「よせっ」

と伊吹の声がする。

「アーッ」

何事かと考えるより前に、雄を扱き上げられ、慎也は達すると白濁した液をその手の中に放っていた。

この手は――。

「……っ」

目を開き、それが伊吹の身体越しに伸ばされた柳のものとわかり、愕然《がくぜん》となる。

「さて、次は俺だ」

慎也の雄を離したその手が、伊吹の肩を摑み、慎也の上から退かせようとする。

「…………」

伊吹は柳を睨んだが、結局は柳の言いなりになり、慎也から離れた。

「いくぜ」

達したばかりで未だ息を乱している慎也の両脚を柳が抱え上げたかと思うと、勃ちきっていた雄で一気に貫いてきた。

「……っ」

柳の雄の挿入と同時に、たった今慎也の中に注がれたばかりの伊吹の精液が繋《つな》がったところから滴《したた》り落ちる。

気色が悪いような、それだけではないような不思議な感覚に身を竦ませた慎也を見下ろし、柳はニッと笑ったかと思うと、やにわに突き上げを開始する。

「待って……っ……まだ……っ……くるし……っ」

もう少し休ませてほしい。拒絶の言葉を口にしたはずの慎也の身体は、柳の突き上げを受け、あっという間に欲情を滾《たぎ》らせていった。

「あ……っ……はあ……っ……あっあっあっ」

喘ぎすぎて息苦しい。しかしこの息苦しさがより一層慎也を快楽の極みへと追い立てる。

気づいたときには――否、気づくより前に慎也の腰は激しく揺れ、唇からは高い声が漏れてしまっていた。

「いく……っ……もう……っ……もう……っ……いくぅ……っ……」

ただただ乱れ、喘ぎ続ける。と、そのとき弄られすぎたせいで赤く染まり、つんと立ち上がっていた乳首を不意に摘まれたことで、慎也ははっとし、またも閉じてしまっていた目を開いた。

「あっ」

乳首を弄っていたのは、いつの間にか慎也の頭のほうに身体を移動させていた伊吹だった。

慎也と目が合うとにっこりと微笑み、慎也の胸に顔を埋め、乳首を強く吸い上げてくる。

「や……っ……もう……っ……もう、おかしくなる……っ」

柳の激しい突き上げに、執拗さすら感じさせる伊吹の胸への愛撫に、今まで得たことのない快感をその身に享受していた慎也は乱れに乱れ、シーツの上で激しく身悶えながら、ただただ高く喘ぎ続けていた。

脳が沸騰するような熱に浮かされ、何も考えられなくなる。頭の中で極彩色の花火が何発も上がり、やがて真っ白になっていく。身体中に籠もる熱を発散させたい。考えられるのはそれだけで、慎也は無意識のうちにいやいやをするように激しく首を横に振っていた。

「いく……っ……いく……っ……アーッ」

今や慎也は快楽に従順な一匹の獣となっていた。ここまで大きな快感を体得したことのない慎也の意識は混濁し、自分を保っていられるような状態ではなかった。

「あっ」

既に張り詰めきっていた慎也の雄を今回摑んだのは伊吹だった。反射的に目を開いた慎也とまたもしっかりと視線を合わせると、伊吹はにっこりと微笑んだあとに、一気に扱き上げてきた。

「アーッ」

二度目の絶頂を迎え、精を吐き出した慎也は、はあはあと息を乱していたのだが、そんな彼の耳に伊吹の声が響く。

「今度は僕の番だ」

「……え……？」

「はは、わかってきたじゃないか」

柳が笑い、慎也の上から退く。

「もう僕に触れるなよ」

「潔癖症だな、モデル君は」

馬鹿にしたように笑う柳を睨んだが、伊吹は何も言わずに身体を退かした柳の場所に己の身を置き、慎也の両脚を抱え上げる。

「最高に気持ちよくしてあげる」

「伊吹……っ」

やはり『アロー』は彼だ。うっとりと顔を見やった慎也の視界に、伊吹の身体越しに笑顔を向けてくる柳の顔が映り込む。

「触れるな……っ」

「そこまで嫌がられると、触れたくなるな」

はは、と柳が笑い、わざとらしく伊吹の背に身体を密着させている。

「……っ」

嫌そうな顔をしたものの、伊吹は柳を無視することに決めたようで、先程の柳とはまるで違う丁寧な仕草で、慎也の両脚を抱え上げる。

「ねえ、慎也。僕が『アロー』だよね」

「うん……っ」

それは間違いない。笑顔で頷いた慎也の視界の先、柳がニッと笑いかけてくる。

「どうだかな」

「……っ」

途端に不安が胸に立ち込めてきたが、すぐに伊吹が突き上げを始めたことで、思考はあっという間に紛れていった。

「あ……っ……あぁ……っ……あっ……あっ……あっ……」

再び脳が沸騰し始めた慎也の口から、高い喘ぎが漏れていく。欲情に塗れた慎也の意識は早くも混濁していったが、それが柳の思う壺という結果となると気づくことはなかった。

7

意識を飛ばしていた慎也が目覚めたとき、室内には未だ、伊吹と柳がいた。

「大丈夫？」

起き上がった慎也に、心配そうに問いかけてきたのは伊吹だった。シャツを着せてくれたのも彼だろうかと思いつつ、慎也は礼を言いかけたのだが、それより前に柳がにやつきながら声をかけてきた。

「よかっただろう？　今までにない快感を味わったんじゃないか？」

「…………っ」

正直そのとおりだっただけに、慎也は何も言えなくなった。

「…………」

近くで伊吹の抑えた溜め息が聞こえ、はっとし彼を見る。

「これからも三人でやろうぜ」

しかし柳がとんでもないとしかいいようのないことを告げたため、慎也はぎょっとしたせいで、視線を彼へと向けざるを得なくなった。伊吹の視線も同じく柳へと注がれる。

「馬鹿馬鹿しい。もうご免だ」

「『もうご免』かどうかは、シンに聞いてみるんだな」

柳はそう告げると「じゃあな」と慎也に右手を上げて笑いかけ、そのまま部屋を出ていった。

「……大丈夫。僕がなんとかする」

伊吹が慎也の肩を摑みながら、そう笑いかけてくる。彼の笑顔は引き攣《つ》っており、相当無理をしているに違いない、と慎也は深く頭を下げた。

「本当にごめん。僕のせいだ。伊吹に迷惑がかかるようなことになったら僕はもう……」

どうしたらいいのか。お詫《わ》びのしようがない、と尚も深く頭を下げようとするのを、慌てた口調で伊吹が遮る。

「何を言うんだ。君も被害者だよ。こうなったらもう、警察を頼るしかないかもしれないね。ストーカー被害に遭っていると訴え出ようか」

「僕一人でやるから。大丈夫だから」

「一緒に行くよ」

「マスコミに知られたら伊吹は困ることになるよ。あなたの迷惑にはなりたくない」

「別に知られてもいいよ。モデルの仕事はアルバイトとしてやっているだけだし。大学のほうだって心配いらない。こちらに非はないいんだから」

「でも……相手はヤクザだし、それに……」

このままでは本当に伊吹は警察に届けかねない。彼が悪い意味で世間の注目を集めるようなことは彼のためにも避けたい、と慎也は必死で言葉を続けた。

「例の才さんにもお願いしているし、暫《しばら》く様子を見ようと思うんだ。勿論、叔父さんに頼んでホテルは変わるつもりだし」

「しかし」

伊吹が不満げな顔で慎也の言葉を遮ろうとしたそのとき、慎也のスマートフォンの着信音が室内に響いた。

「ごめん」

会話の中断を狙い、敢《あ》えて電話に出ようと、スマホを置いてあったベッドサイドのキャビネットへと目線を送る。

「叔父さんだ」

スマートフォンの画面には叔父の名があり、タイミングがよすぎるようなと驚きながら慎也は電話に出た。

「叔父さん？　どうしたの？」

もしや柳が叔父にもコンタクトを取ったのだろうか。迷惑をかけることになっていたら本当に申し訳ない、と案じつつ用件を問う。

『慎也君……その、落ち着いて聞いてくれ』

電話の向こうの叔父の声は酷《ひど》く強張《こわば》っていた。既に迷惑がかかってしまっているのかと慎也はまず謝罪しようとしたのだが、続く叔父の言葉を聞き、頭の中が真っ白になってしまったのだった。

『義兄《にい》さんが……君のお父さんが亡くなった。今日が通夜、明日が告別式だ。家族葬で密《ひそ》かに送り、マスコミにはすべて終わってから発表する。すぐに家に戻ってほしい』

「…………でも…………僕は……勘当された身ですし……」

父が亡くなった。まだ六十にもなっていなかった。体調が悪いという話も聞いていない。持病もなかったはずだ。

一体なぜ――混乱しながらも慎也は、勘当された自分が葬儀に出るわけにはいかない、と断ろうとした。

『頼むから来てくれ。突然のことで律子《りっこ》さんも動揺しているみたいだし』

律子というのは慎也の父の妹、叔母にあたる人で、慎也の性的指向について、精神科医に診せるといいと父にアドバイスをしたと聞いており、親しみを感じることが難しい相手だった。

「律子叔母さんが動揺しているのなら、殊更僕は行かないほうがいいんじゃないかと」

『律子さんから慎也君を呼んでほしいと頼まれたんだよ。君だってお父さんを見送りたいだろう？』

意地を張るものじゃない、と叔父に窘《たしな》められ、慎也は、

「そういうわけではないのですが」

と反発せずにはいられなくなった。

『ともかく、すぐ実家に向かってくれ。家の前で万一、マスコミに捕まったら、ノーコメントを貫くこと。いいね？』

「あの」

今にも電話を切りそうになっている叔父に慎也は、これだけは聞いておかねば、と慌てて問いを発した。

「父の死因は？　体調が悪かったんですか？」

突然の死ではあったが、自死だけはないだろうと慎也は即座に判断を下していた。事件に巻き込まれたのか。それとも——不意に慎也の頭に柳の顔が浮かぶ。まさか、と背筋に冷たいものが走ったが、叔父の答えは慎也の覚えた不安とは真逆のものだった。

『脳卒中だった。夜のうちに発症したようで、朝、ベッドの中で冷たくなっているのが発見されたそうだ。前日も普段通りで、体調が悪そうには見えなかったということだったから、まさに突然死だったようだね』

「……そうですか……」

父と最後に言葉を交わしたのはいつだったか。家を出てからは電話越しにも話したことはなかった、と慎也は溜め息が漏れそうになるのを堪《こら》え、

「わかりました。すぐ向かいます」

と告げてから電話を切った。

「……お父さんが亡くなったのか？」

通話の様子から察したらしく、伊吹が遠慮がちに問いかけてくる。

「うん。突然死だって。これからすぐ、実家に戻るよ」

「僕も行こうか？」

「え？」

予想もしていなかった伊吹の申し出に、慎也は一瞬、固まってしまった。

「……ごめん、勘当とか、聞こえたから……戻りづらいんじゃないかと思って」

その様子から伊吹は、自分の提案が慎也にとっては望んでいないものだと察したらしく、バツの悪そうな顔で詫びてきた。

「ううん。ありがとう。父との関係は確かに悪かったけど、僕の家族は父だけだから。それに勘当された理由がゲイだからなので、その……」

伊吹が自分を案じてくれている、その気持ちは嬉しい。しかし伊吹を連れていけば、叔母の律子をはじめ、親戚連中は皆彼を色眼鏡で見るだろう。

きっといやな思いをさせてしまうに違いない。それで断ろうとした慎也の心情は、正しくは伝わらなかったようだった。

「そうか。男の恋人が一緒に行ったら君が嫌な思いをするね」

「違う。あなたが嫌な思いをするのが嫌なんだ」

誤解はされたくない、と慎也は反射的に言い返してから、これではきっと伊吹は『一緒に行く』と主張するに違いないと、慌てて言葉を足した。

「それに家族葬ということだったから。ごめん。でも嬉しかった」

礼を言い、話を終わらせる。その意図は今度は正しく伊吹に伝わったようで、不満げな顔をしてはいたがすぐ、

「何かあったら連絡を入れてほしい」

と少し思い詰めているような表情でそう、訴えてきた。

「僕も慎也には、嫌な思いをしてほしくない」

「ありがとう。叔父もいるし、大丈夫だよ」

それより、と慎也は、伊吹には今、心配すべきことがあると思い出させることにした。

「僕は暫く実家にいることになりそうだけど、伊吹はどうかくれぐれも気をつけて。柳が接触してきたらすぐに教えてほしい。二人で対策を考えたいから」

「……ありがとう。大丈夫だよ」

それを聞いた伊吹は少し複雑そうな表情を浮かべたが、特に何を言うこともなく、笑顔で頷いてみせただけだった。

「邪魔をしては悪い。僕は先に帰ることにしよう」

「……うん。また、連絡するから……」

伊吹との間に少し距離ができたのを感じ、慎也は寂しく思いながらも、理由を察してもいたので、自分からは特に何も言わなかった。

「僕からも連絡を入れるよ」

それじゃあね、と伊吹は強張った笑みを浮かべてそう言うと、慎也へと歩み寄り、身体を一瞬抱き締めてから、ドアへと向かっていった。

「…………」

バタン、とドアが閉まる音がすると同時に慎也は溜め息を漏らしてしまっていた。

伊吹が考えていることはわかる。父親が亡くなったのになぜ、ショックを受けていないのかと、彼は思ったに違いない。

もともと、父親との間に強い絆《きずな》など結ばれていないと説明したほうがよかっただろうか。薄情な男だと思われたかもしれない、と思うと慎也の胸は微かな痛みに疼いた。

何を落ち込んでいるというのだ。まずは目の前のことから解決していくしかない、と気持ちを切り換え支度を始めることにした。

父親が亡くなったことに対し、当然ながらショックは受けた。しかし悲しみがあるかとなると微妙な感じがすることに、慎也は罪悪感めいた感情を抱いた。

グループの総帥ともなると当然ながら多忙であり、幼い頃からあまり共に過ごした記憶はない。食事も別のことが多かったし、学校行事に来てくれたことは一度もなかったような気がする。

それを寂しいと思ったことはなかったはずだった。『当たり前』と思っていたので素直に受け入れてはいた。が、こうして悲しみが湧いてこないのは、愛情を抱いていなかったということなのだろうか、と改めて慎也は父親へと思いを馳《は》せた。

父からの愛情も実感したことはあまりなかったように思う。とはいえ、邪険にされていたわけではない。家族に対しては不器用な人だったのだろうか。それとももともと愛情がなかったのか。

長く会話をしたのは、ゲイであると告白したときくらいだったような気がする、といつしかぼんやりとそのときのことを思い出していた慎也の手は止まっており、いけない、と気持ちを切り換えるとまずはシャワーを浴びにバスルームへと向かった。

ゲイなので後継者にはなれない、子供を残せないからと告白したとき、父は一瞬、驚いた顔をした。と、またも慎也の思考は父へと向かっていた。

嫌悪感が父の顔に浮かばないことに安堵した。が、後日、改めて父と向かい合ったとき父の口から出たのは、メンタル的な治療を受けるといいという、自分の性的指向に関し、少しの理解も感じられない言葉だった。

無理だ。同性しか愛せない。治療で治ることではないと訴えたが、まずは治療を、と押し切られそうになった。

治療を受けたところで女性とセックスはできないし、自分の子供ができたとしても愛することはできないと思うと告げると、父は暫くの間黙っていたが、やがて、

「冷静になれ」

と告げ、日を変えてまた話そうと、話を切り上げてしまった。

それが唯一の『長い会話』だったことに今更ながら驚く。翌日、再び父と話したが、意固地になっていたところもあって、やはり後継者にはなれないと告げると、もう父は慎也を説得しようとはせず、ただ、

「わかった」

と頷いただけだった。

後継者は結局、父の妹、律子の息子に決まったとのことだったが、まだ中学生ではなかったか。父がこうも早くに亡くなるとは誰も考えていなかっただろうから、さぞグループは混乱することだろう。

これからどうするのか、と考えかけたがすぐに慎也は、自分には関係ないことかと自嘲し、

シャワーを浴び終えた。

実家に戻ることで、遺産目当てだの、後継者として手を挙げるつもりかだのと勘ぐられる可能性もあるか、と、途端に帰宅が嫌になる。

嫌な思いをするのを覚悟しつつ戻るのは気が重いが、葬儀には出ないというほど父を嫌っていたわけでもない。通夜と告別式が終わったらすぐに家を出ればいいかと気持ちを奮い立たせると慎也は支度をすませ、ホテルを出た。

喪服を買っていこうかと百貨店に向かいかけたのだが、それを見越したらしい叔父から身一つで来るので大丈夫というメッセージが入ったので、言われたとおり一応スーツを着てそのまま家へと向かった。

『大邸宅』という表現が相応《ふさわ》しいお屋敷のインターホンを押すと、すぐに中へと招かれ、玄関まで迎えにきていた律子が慎也の手を取り、泣き始めた。

「慎也君……！」

「律子叔母さん……」

「兄さんが……兄さんが……」

叔父の透から聞いていたとおり、律子はすっかり取り乱していた。泣きじゃくる彼女を宥《なだ》めながら応接室へと向かうと、透がよく来てくれた、というように慎也に微笑みかけてきた。

「叔母さん、大丈夫？」

「ごめんなさいね。本当にもう、驚いてしまって……」

慎也が冷静であったためか、律子の涙は止まったようで、少しバツの悪そうな顔で慎也に謝って寄越した。

「僕も驚いた。お父さん、健康には気を遣っていたはずなのに……」

「人間ドックも毎年受けていたし、特に異常はなかったはずなのよ。それなのにこんなに急に……」

律子の目に再び涙が盛り上がる。

「叔母さん……」

きょうだい仲がよかった記憶はあまりない。険悪ということではなく、とにかく父は多忙で、家族とも親戚とも交流を持つことがあまりなかったからだった。しかし妹である律子は父を大切に思っていたと、そういうことなのだろう。自分よりよほど『情』がある、と思いながら叔母を労《いたわ》ろうとした慎也に、透が声をかけてきた。

「お父さんの顔、見る？　間もなく葬儀社の人が来るからその前に」

「はい」

頷き、律子に「いってきますね」と声をかけてから慎也は透と共に父の寝室へと向かった。

「ね、取り乱しているでしょう」

「ちょっと意外でした……あ、変な意味じゃなく」

慌てて言葉を足した慎也に透は、「わかってるよ」と微笑んだあと、彼なりの見解を口にした。

「律子さんは子供の頃からお兄さんを自慢にしていたそうだ。憧れと尊敬の念を抱いていたんだろうね」

「……そうですね」

父の方はどうだったのだろう。妹を可愛《かわい》がっていたのだろうか。聞いてはいけない気がして慎也は生じた疑問を己の中に封じ、叔父と共に父の寝室に足を踏み入れた。

顔にかかった白い布を捲《めく》り、見下ろした父の顔はまるで眠っているかのようだった。

「穏やかな死に顔ですね」

求められているのはこんな冷静なコメントではないとわかってはいたが、やはり悲しみが胸に押し寄せてくるということはない。衝撃は受けているのだが、と、物言わぬ父を見下ろしていると、透が、

「大丈夫？」

と慎也の顔を覗《のぞ》き込んできた。

「……不思議なくらい、大丈夫なんです」

「はは。まだ実感が湧かないだけだよ」

透はそう言うと、再び白い布を父の顔にかけ、「行こうか」と慎也の肩を叩いた。

「電話でも言ったけど、通夜と葬儀は家族葬ですませる。慎也君と律子さんと僕、それに律子さんの旦那さんの圭治《けいじ》さんとあと、息子の昴《すばる》君の五人で、通夜も告別式も家で行うそうだ。企業グループすべての体制が整ったあとに、マスコミに死亡を発表するそうだよ。まあ、巴グループのトップの突然死となると、市況にも影響が出そうだから仕方がないとはいえ、なんだかな……という感じだよね。社葬は行われるだろうけど、別れを惜しみたい友人だっているだろうに」

「……いたんですかね」

悪意があったわけではない。慎也は父に友人がいたか否かをまったく知らなかったのだった。もともと会話らしい会話をしてこなかったこともあるが、友人の話題など出たことはない、と首を傾げる。

「そりゃいただろう。学生時代の友人とか。ああ、それに留学もしていたんじゃなかったっけ？」

透はそう言いはしたが、彼もまた父の友人について具体的な名を出すことはなかった。

「書斎に手紙類があるかもね。スマートフォンやパソコンの住所録は見るのがちょっと難しそうだ。そういうサービス、あるんだっけ？」

「どうでしょう……」

聞いたことがない、と慎也が首を傾げる。

「プライベートで誰に知らせるかとかは、葬儀が終わったあとに相談しようか」

それを見て透は微笑み頷くと、行こう、と慎也の背を促し、二人は寝室をあとにした。

応接室に戻ると律子は随分と落ち着きを取り戻していた。

「眠っているみたいだったでしょう?」

ごめんなさいね、取り乱して、と申し訳なさそうな顔で詫びたあとに慎也にそう声をかけてくる。

「はい。亡くなったなんて信じられません」

「そうよね」

「あの、叔母さん」

しんみりとする叔母に慎也は、父の友人について聞いてみることにした。

「お父さんの訃報は、誰に知らせればいいかご存じですか? 会社関係以外の、友達とか、そっち方面で」

「大学の同窓会とか……? 大人になってからはお兄さん、会社一辺倒だったから、友達付き合いしている暇はなかったんじゃないかしら」

「学生時代はどうですか?」

律子と父は四歳違いだった。家に友人が遊びに来たりはしていなかったかと聞くと律子は考える素振りをしたあと、

「どうだったかしらね」

思い出せないようで首を傾げていた。

「学校でモテているという評判は、友達から聞いたことがあったわ。その子の兄がお兄さんと同じクラスだったとかで。でも、そうねえ。特定の友人については聞いたことがなかったような……」

「そうですか」

となるとやはり、アドレス帳や手紙類を探すしかないか、と考えていたのがわかったのか、律子は、

「お兄さんの書斎に、年賀状や手紙が残ってるかもしれないわね」

そう言ったあとに、溜め息を漏らした。

「父はお兄さんには酷く厳しかったのよ。後継者教育ということで家庭教師を何人もつけて。それで友達と遊ぶ暇がなかったんでしょうね」

「そうだったんですね」

そうした話は初耳だった、と驚いた慎也を、律子が軽く睨む。

「そうよ。余程つらかったんでしょうね。お兄さん、あなたのことは相当のびのび育てていたのよ。ちゃんと遊ぶ暇、あったでしょ？」

「ありましたね……」

確かに、と頷いた慎也に向かい、律子が身を乗り出してくる。

「お兄さんもあなたのことは可愛かったってことよ。家を出るのを許したのもあなたが出たいと願ったからじゃないかと思うの。だからというわけじゃないけど、ねえ、慎也君、もう、家に戻ってこない？」

「え？」

叔母は何を言い出したのだと、慎也は驚いて彼女を見つめてしまった。

「大学に復学して、お兄さんの後継者を目指したらどうかと思うの。うちの息子はまだ中学生だし、あまり出来もよくないのよね。あなたの後継者についてはおいおい考えればいいし、それこそ結婚したくないというのならうちの息子に継がせればいいし。ああ、養子をとってもいいかもしれないわね」

「あの、叔母さん」

叔母は自分の性的指向について知っていたはずだった。精神科医に診せればいいというアドバイスを父にしたとも聞いている。なのにその変わり様は、と疑問を覚えたせいで慎也はつい、話を遮ってしまった。

「……ごめんなさい。あれから色々考えたのよ。酷いことを言ってしまったと反省したわ。昔ならともかく、この少子化の時代、世襲制に拘《こだわ》り続けることは不可能じゃないかと思うし。きっとお兄さんも後悔していたと思うのよね。そのうちにあなたを呼び戻すつもりだったたかもしれないわ」

「あ、あの……」

叔母の言葉は自分にとってよかれと思ってのものであるということは、慎也にもよくわかっていた。父が亡くなった今、巴家の本家の血を引く人間の流出を防ぎたいと、そう考えているのかもしれない。

しかし慎也にその気はない。巴家の外に出て、バーの店主兼バーテンダーとして過ごしている日々は、大変なことは勿論多いが、巴家にいたときのような息苦しさはまったく覚えないでいられた。

透叔父の力を借りての『自由』ではあるが、できることならこのまま巴家の外で、自分の力のみで生活できるようになりたい。呼び戻されるわけにはいかないが、父の死にショックを受けている叔母に対し、拒絶するような言葉を告げるのは気の毒だと慎也は思い、話を逸《そ》らした上で打ち切ることにした。

「と、取り敢えず、父の書斎を見てきます。住所録や年賀状を探してみます」

「あら、そう。あ……」

律子が拍子抜けといった顔になったあと、はっとした表情となる。

「どうしたんですか?」

「あ、いいえ。いいの。お兄さん、自分の部屋に人が入るのを嫌がっていたけど、息子のあなたならかまわないでしょう」

「……ああ、そうでしたね」

確かに父は、書斎や寝室に人を入れたがらなかった。掃除も自分でしていた記憶がある。となると入ることは躊躇《ためら》われるが、必要があって入るのだから、と慎也は自分を納得させた。

「ちょっと見てきます」

「いってらっしゃい。葬儀社の人が来たら声をかけるわ」

叔母から逃れたかったことは本人には伝わっていないと思う。おそらく、一人で父との思い出に浸るといいと気を遣ってくれたのではないか。しかし一度も足を踏み入れたことのない父の部屋で、共通の思い出はないのだが。そう思いながらも慎也は叔母の見当違いの優しさには感謝をしつつ、父の書斎へと向かった。

ドアを開き、室内に入る。天井までの高さの本棚が壁一面に並ぶ以外、大きな木製のデスクがあるだけの部屋だった。装飾品は何もない。

机の上は綺麗に片づいていた。パソコンしか置かれていない。仕事を持ち帰ることはなかったのかと思いながら慎也はデスクの椅子に座り、引き出しを開いてみた。

一番上の引き出しには文房具、二番目は、と開くと十冊あまりの単行本が入っている。取り出し、開いてみて慎也はそれが本ではなく、日記であることを察した。

几帳面《きちょうめん》な字は父のもので、万年筆で書かれている。さすがに父のプライバシーを覗き見るのもな、と慎也はすぐに日記を閉じたものの、一体何冊くらいあるのかと興味を惹かれ、日記を引き出しから取り出してみた。

中は読まない、と自分に言い聞かせ、日付だけ見ようと一番下にあった日記を開く。

「……え?」

表紙を捲ったところに、一枚の古びた写真が挟まれている。慎也が声を漏らしたのはそこに写っていたのが思いもかけない人物だったためだ。

いや、そんな。あり得ない。どうして?

混乱しながら慎也は写真を手にとり、まじまじと見つめた。隅に写る写真の日付は今から二十年以上前のものであるのに、写っているのは慎也のよく知る人物だった。

いや——『よく』は知らない。思えば会ったばかりである。

レンズに向かい、にこやかに笑う白衣の男が佇《たたず》んでいる。その顔は先程別れたばかりの伊吹とまるで瓜二《うりふた》つで、何がどうなっているのかと慎也はただただ写真を見つめ続けてしまっていた。

伊吹そっくりの男の写真を見てしまっては、父のプライバシーを暴かずにはいられなくなり、慎也は写真が挟まっていた日記をまず読み始めた。が、すぐに失望することとなったのは、そこに記されていたのは父の一日の行動であり、心情的な内容はまったく書かれていなかったからだった。

日記というよりは備忘録のようなもので、父が社会人になってから記していたものだということもわかった。がっかりしながらも慎也は、写真の男が誰なのか、ヒントになることはないかと、几帳面さを感じさせる綺麗な筆跡を目で追い続けた。

「あ」

慎也の口から思わず声が漏れたのは、彼の目にこの一文が飛び込んできたときだった。

『新森先生の診察』

新森――伊吹の名字だ。

名字も同じ、顔も同じということは。

「……親子……?」

と、そのとき、ドアがノックされる音が室内に響き、慎也は慌てて立ち上がった。

「慎也君、葬儀屋さんが到着したのでちょっと来てもらえる？」

ドアの外から声をかけてきたのは律子だった。

「はい、すぐ行きます」

答える声が震えないようにするのが精一杯で、慎也は焦って日記を引き出しに戻すと立ち上がり、部屋を出ることにした。

伊吹そっくりの男が写る写真はスーツのポケットに入れ持ち出していた。日記に気を取られ、アドレス帳やら手紙やらを探すことをしなかったため、律子に何か聞かれたらどう答えようかと案じていたが、律子の興味は家族葬の取り進めかたについてのみで、葬儀社と打ち合わせをしている彼女の横で慎也は一言も喋《しゃべ》らず、一人の思考の世界に籠もることができたのだった。

伊吹そっくりの男の写真。これは彼の父親だろうか。それともこれは『新森先生』ではないのか。

伊吹に聞けばすぐ結論は出るだろう。しかしさすがに今、彼のもとに向かうわけにはいかない。

それを言い訳にしていたが、その気になりさえすれば慎也は、写真をスマートフォンで撮影し、伊吹に送って身内か否かを聞くなどいくらでもできたのだった。

それをしなかった――というより、できなかったのは、伊吹が何か目的をもって自分に近づいたのではと、それを疑ってしまったからだった。

その考えには矛盾がある。そもそも彼に近づいたのは自分のほうなのだ。星形の痣を雑誌で見て、会いたいと願ったのは慎也で、伊吹はそれを受け入れてくれただけだ。

星形の痣を餌に慎也にコンタクトをとらせようとしたのでは、と一瞬だけ考えたが、すぐ、そんな非効率な方法をとるわけがないかと考え直した。叔父の透に雑誌を見せられなければ伊吹の痣について知る機会はなかった。叔父がグルなのではという可能性も皆無ではないとはいえ、まずあり得ないとしか思えない、と、その考えも捨てる。

自分が『巴』と名乗ったとき、伊吹はどんなリアクションを取ったのだったか。思い出そうとした結果、名乗るのを躊躇ったのは自分ばかりで、伊吹はまったく気にした素振りをみせなかった上、『新森』の名も躊躇いなく名乗っていたのではなかったか、という結論に達した。

偶然なのだろうか。そもそも写真の人物は伊吹とそっくりではあるが『新森先生』であるかどうかは確かめようがない。

父の葬儀が終わったら伊吹と連絡を取り、この写真を見せることにしよう。それまでは写真の存在は忘れよう。

さすがに父親の葬儀を気もそぞろなまま執り行うことはできない。気持ちを切り換えると慎也は気力で伊吹のことも写真のことも頭から追い出し、律子や透と共に父を見送ったのだった。

律子の夫、圭治も、慎也に家に戻ることを勧めてくれた上に、遺産もそのまま相続すると
いいと言ってくれた。

「しかし僕は勘当された身なので……」

「もらえるものはもらっておきなさいな」

律子にもそう言われたが、遺産相続は家に戻ることを前提に語られているとわかるだけに、
慎也は「考えさせてほしい」と、一旦、家を出ることにした。

「まあ、気持ちはわかる。ゆっくり考えるといいさ」

透はそう言うと、慎也のために別のホテルを予約してくれ、慎也は都心にあるできたばか
りのホテルにチェックインをすると、どさりとベッドに身体を投げ出し、天井を見上げた。

スーツのポケットに忍ばせていた、伊吹そっくりの人物が写る写真を取り出し、眺める。

どう見ても伊吹だった。やはり父親ではないだろうか。叔母に写真について聞いてみよう
かと一瞬思ったのだが、日記の間から出てきた写真だっただけに躊躇ってしまった。

必要なのは答えだ、と、慎也は思い切りをつけ、伊吹に電話をかけた。

『慎也？　今、どこ？』

ワンコールもしないうちに電話に出た伊吹の声が弾んでいる。

「全部終わって、今、別のホテルにいるんだ」

ホテル名を告げると伊吹はすぐに、

『これから行ってもいいか？』

と前のめり気味に聞いてきた。

『疲れてる？』

「大丈夫。伊吹こそ、無理していない？」

『してない。すぐに行く。何号室？』

伊吹は慎也の電話を待ち侘《わ》びていた様子だった。かれこれ一週間、連絡を取っていなかったが、実家に戻ったのが父親が亡くなったためと知っているので向こうからは連絡を入れるのを遠慮してくれていたものと思われる。

彼の自分への好意に嘘はない——と思う。同じ夢を見る、同じところに同じ形の痣がある。それらの共通項が互いの気持ちを高めているのは否定できないが、自分も伊吹が好きだし、伊吹も自分を好いてくれているのは事実である。

これもまた、夢や痣のような『偶然』なのだろうか。写真を見て伊吹はどんな反応を示すのか、それを早く確かめたくて慎也は伊吹がホテルに到着するのを今か今かと待っていた。

三十分ほどして、部屋のチャイムが鳴った。

「はい」

声をかけつつ、覗き穴から来たのが伊吹であることを確認してからドアを開く。

「慎也」

顔を合わせたとほぼ同時に伊吹が慎也を抱き締めてきた。

「会いたかった」

「僕も」

慎也もまた伊吹の背を抱き締め返すと、伊吹が少し身体を離し、くちづけをしようと唇を近づけてくる。

「ごめん、その前に見てもらいたいものがあるんだ」

キスをし、ベッドに倒れ込む。そして会えなかった時間を埋め合いたい。その望みは慎也にも勿論あった。

同時に慎也には『あのとき』の記憶を頭と身体から消したいという希望もあった。

父の葬儀や、家に戻ってこいという叔母からの要請、それに伊吹そっくりの人物の写真を父が持っていたことなど、あらゆることが起こりすぎていたため、こうしてホテルに戻るまであまり思い出すこともなかったのだが、あのときの――柳と伊吹、二人から愛撫を受けた挙げ句順番に抱かれたという、あのときの行為を、伊吹一人に抱かれることで記憶や体感の上書きをしたいと願った。

めくるめく快感。頭がおかしくなりそうだった。しかしいわゆる３Ｐなど、どう考えてもノーマルな行為ではない。

とてつもない快感を得ただけに、溺《おぼ》れ込みそうな自分が怖かった。ベッドを共にする相手は一人でいい。その『一人』は柳ではない。伊吹がいい。だからこそ彼に抱かれたいと願うも、それより前に気になることはすませておきたい。欲情に流されそうになるのをなんとか踏みとどまると慎也は、

「見せたいもの？」

と不思議そうな顔になった伊吹に、ポケットから写真を取り出し手渡した。

「え？　これ……」

伊吹が驚いた声を上げ、慎也を見る。

「これ、僕の父だよ」

「えっ」

慎也は心のどこかで『こんな人は知らない』という反応を伊吹が見せることを期待していたようだ。顔も同じ、そして名前も『新森』と思われるのだから父親と答えられる可能性のほうが高いとわかっていただろうに、と、慎也はなんとか気持ちを立て直すと、詳しい話を聞こう、と伊吹を座らせることにした。

「飲みながら話そう」

「わかった。ビール、あるかな」

「うん」

冷蔵庫に入っていたはずだ、と頷き、冷蔵庫に取りに行こうとすると、

「自分でやるよ」

と伊吹は微笑み、冷蔵庫を開けると自分と慎也のために銀色のビールの缶を取り出した。

「行儀が悪いけど、このまま飲ませてもらうよ」

慎也に一缶渡すと伊吹はそう言ってプルタブを上げ、ビールを呷《あお》ったあとに再び慎也が手渡した写真を手に取り、眺め始めた。

「間違いない。父だ。どうしてこの写真を?」

「実は亡くなった父の日記の間に挟まっていたんだ」

「お父さんの?　なんだってまた……」

伊吹は首を傾げていたが、やがて、

「あ」

と何か思い出した顔になった。

「珍しい名字だとは思ったんだけど、もしかして慎也の家はあの、巴グループなのか?」

「えっ?　あ、うん」

頷いた慎也に伊吹は、

「そうだったのか」

と、半信半疑といった表情で頷くと、暫くの間、口を閉ざしていた。

「伊吹?」

何を考えているのかと慎也が名を呼ぶと伊吹は、

「ああ、ごめん」

と我に返った様子となり、話を始めた。

「僕の父は以前、旧財閥の主治医だったという話を母から聞いたことがあるんだ。新森家は代々その家の主治医……というかお抱えの医師で、高額の報酬をその家から得ていたそうなんだ」

「それが巴家だと?」

主治医、という単語を聞いたとき、慎也の脳裏を何かが掠《かす》めた気がした。が、それを追求するより前に、伊吹が口を開く。

「わからない。母はどこの家だったとは教えてくれなかったから。それに父の代でその家の主治医はやめたそうなんだ」

「そうなんだ?」

言われてみれば、巴の家には特に『主治医』といわれるような医師はいなかったように思う。月に数十万支払い、医療関連のサービスをいつでも受けられるという会員になっており、そこから医師が派遣されていたのではなかったかと記憶を辿《たど》っていた慎也の耳に伊吹の声が届く。

「父は研究に没頭したいからという理由で主治医を辞退し、卒業した大学の研究室に戻ったそうだ。退職金としてその家から一生食べるのに困らないほどの大金が支払われたということで、父も生活を考えることなく研究に没頭できたはずだったんだが……」

ここで伊吹が言葉を途切れさせ、俯く。

「………」

研究がうまくいかなかったのだろうか。それとも他に何か問題が？　暗い表情を見るに『いいこと』ではないようだと予測した慎也だったが、溜め息と共に伊吹が告げた言葉は慎也の予想を遥《はる》かに上回る不幸なものだった。

「半年ほどして父は自殺したそうだ。母は幼い僕には気づかせまいとしたようで、僕は最近まで父の死因が自殺であることを知らなかった」

「じ……自殺……？」

どうして、と聞きそうになり、慎也は我に返った。亡くなった原因を問うなど立ち入りすぎだと思ったのだが、伊吹のほうから父親の自殺について話を続ける。

「ああ。研究はうまくいっていたそうだ。生活に困っていたわけでもない。母もまったく原因がわからなかったと言っていた。遺書もなかったそうだ」

「でも……自殺だったんだよね？」

他殺ということはなかったのだろうか、と、問うてから慎也は、これもまた失礼だったかと慌てて詫びる。

「ごめん」

「いや、僕も同じことを母に聞いた」

伊吹が苦笑めいた笑みを浮かべ、頷いてみせる。

「母にはむっとされてしまった。当時警察から散々疑われたそうでね。結局は自殺ということで落ち着いたそうだ。その母もなぜ父が自殺をしたのかは本当にわからなかったと言っていた。随分と落ち込んでいる様子ではあったけれど、理由は知らないと」

「そう……だったんだ……」

自殺。何が原因だったのだろう。いや、それより気にすべきは、と慎也は伊吹に問いかけた。

「お父さんが勤めていたのが巴家なんだろうか」

「母に確かめてみる」

そう言うと伊吹はポケットからスマートフォンを取り出し、かけ始めた。

「あ、母さん？　僕だけど。ごめん、お父さんが主治医をしていた家って、巴グループ？」

「…………」

漏れ聞こえる伊吹の母の声が、慎也に答えを教えてくれた。

「……いや、なんでもない。ありがとう。また連絡する」

伊吹が電話を切ったあとに、慎也を見る。

「やっぱり……うちだったのか」

「ああ。そういえば母が言っていた。君のお父さんが亡くなったことがニュースになっていたと」

「うん、今日記者発表をすると言っていたから……」

「……君は勘当されたと言っていたね」

聞きづらそうにしながらも、伊吹がそう問いかけてくる。

「うん。ウチは世襲制なので、子供を残すことができないと言って家を出たんだ」

「お父さんとはうまくいってなかったの？」

「子供の頃からあまり交流はなかったので、それが原因で気まずくなったといったことはない……かな」

「そうなんだ」

伊吹は何かを言いかけたが、すぐに、

「ごめん、立ち入ったことを」

と謝ってきた。

「いや、それなら僕も立ち入ったことを聞いたわけだから」

謝罪の必要はない、と慎也が言ったそのとき、テーブルの上に置いてあった慎也のスマートフォンの着信音が響き渡った。

「誰だろう」

画面を見てかけてきたのが才だとわかり、それを伊吹に伝えてから応対に出る。

「才さんからだ……もしもし、慎也です」

『お父さん、ご愁傷様だったね』

「……ありがとうございます。あの、それで……」

電話の用件は、と問おうとした慎也の言葉に被せ、才が淡々とした口調で話し始める。

『君たちの夢について、真相と思《おぼ》しきことがわかったよ。今、伊吹君もそこにいるんだろう？　これからウチに来られるかい？』

「あ、はい。行きます」

即答してから慎也は、伊吹の都合を聞いていなかったと思い直した。

「ちょ、ちょっとお待ちください」

それで電話を耳から離し、伊吹に問いかける。

「才さんが、僕たちが見ていた夢の真相がわかったと言うんだ。これから訪問するのでよかったかな？」

「え？　あ、ああ、勿論」

伊吹は戸惑った顔をしていたが、すぐに頷いて寄越したので、慎也もまたすぐに待たせていた才に返事をすることにした。

「すみません、お待たせしました。これから伺いますので」

『わかった。待っているよ』

才はそう言い、電話を切った。慎也は伊吹を「行こう」と促し、二人してホテルの部屋を出た。

「才さんは何がわかったというんだろう」

タクシーの中で伊吹が慎也に問うてくる。

「想像もつかない。真相なんてあるんだろうか」

自身の言葉どおり、まるでわからない、と首を傾げた慎也だったが、すぐ、才が未だ知らないであろう事実があることに気づいた。

「才さんは、伊吹のお父さんがうちの主治医だったことは知らないはずだよね」

「我々が今知ったくらいだからね」

頷いた伊吹は、慎也が何を案じているかを察したらしい。

「それを知ればまた結論が変わるかもしれないね」

推察するのに材料が揃《そろ》っていなかったのだ。見当違いの『真相』に辿り着いたのかもしれない。後出しじゃんけんのようで申し訳ないと思う慎也の口から溜め息が漏れる。

「説明がつくことなんだろうか……そもそも」

ぽつ、と伊吹が呟く声が車内に響く。

「……前世の記憶という以外に」

「…………」

それが結論ということかもしれない。同じくそう思った慎也は伊吹の横で頷いていた。そんな彼の手を伊吹がそっと握ってくる。

愛情のこもった温《ぬく》もりを感じ、自然と微笑んでしまっていた慎也の脳裏に、ふと、柳の顔が浮かぶ。

『前世の記憶』という真相だった場合、柳の存在はどうなるのだろう。まさか魂が二つに割れたと、そういう結論に達したのだろうか。

納得できるような答えが用意されているといい。そう願いながら慎也は伊吹の手をしっかりと握り返し、胸に立ち込める不安をなんとかかき消そうとしたのだった。

松濤《しょうとう》の屋敷ではまた、助手をしているという女装の美少年、愛《あい》が二人を迎えてくれた。

「ご愁傷様です」

相変わらずつんけんとした態度ではあったが、慎也と顔を合わせたときの第一声がお悔やみの言葉で、意外に思ったせいでリアクションが遅れた慎也を一瞥《いちべつ》すると、

「先生がお待ちです」

と踵《きびす》を返してしまった。

「あの……ご丁寧にありがとうございます」

背中に声をかけても無視され、不快に思われたかと案じているうちに前に通された部屋へと到着してしまった。

「先生、ご到着です」

声をかけ、ドアを開く。

「やあ、待っていたよ」

慎也と伊吹、二人に笑顔を向けてきた才は、相変わらずの男ぶりだった。

「車じゃないよね。愛君、シャンパンをお願いできるかな」

「乾杯したいネタなんてありましたっけ」

愛は才に対しても厳しい口調でそう返すと、才が何を言うより前に一礼し部屋を出てしまった。

「本人、まだ飲めないのだけれど、いいチョイスをするんだ。きっと二人も気に入るよ」

才が笑顔で告げたのがシャンパンについてだと理解するのに、慎也は少し時間がかかった。

「気に入るというのは……？」

それで問いかけた慎也の言葉に被せ、伊吹が声を発する。

「すみません、先程発覚した事実があるのですが、真相をお聞きする前に話してもいいでしょうか」

「焦らなくてもいいよ。シャンパンが来てからにしよう」

才がにっこり笑ってそう告げ、二人をソファへと招く。と、間もなくノックと共にドアが開き、シャンパンを注《つ》いだグラスを三つ、盆にのせた愛が部屋に入ってきた。

「どうぞ」

「ありがとう、愛君。ボトルもお願いできるかな」

三人それぞれにサーブする愛に、才がにこやかに声をかける。

「わかりました」

愛は頷き、部屋を出たがすぐにクーラーに入れたシャンパンのボトルを手に再び部屋に入り、才の近くにそれを置いてから一礼して出ていった。

「それじゃ、まずは乾杯」

才がグラスを掲げてみせたのに、慎也も伊吹も彼に倣《なら》ってグラスを掲げ、「乾杯」と唱和する。

「うん、美味《おい》しい」

才は一口飲んで満足そうにそう言うと、視線を伊吹へと向け口を開いた。

「君がさっき言っていた『先程発覚した事実』というのはもしや、亡くなった君の父親が巴家の主治医だったということかい？」

「……っ」

「ど、どうしてそれを」

あまりの驚きに慎也は息を呑み、伊吹が大きな声を出す。

「そうじゃないと説明がつかないからね。裏付けのために当時のことをよく知っている人に会い、確かめることもできた。それで君たちを呼んだんだよ」

「そうだったんですね……」

自分にとっては、そしておそらく伊吹にとっても驚愕《きょうがく》の事実だったというのに、既に才は知っていたとは、と、慎也は衝撃を受けたせいで呆然としてしまっていた。

「あの、説明がつかないというのは」

伊吹のほうが立ち直りは早かったようで、才にそう問いかける。それを聞き慎也も、確かにどういう意味なのだろうと、才へと視線を向けた。

「その前にシン君、君、覚えていないかい？　伊吹君の父親が君の家の主治医を辞めたのは今から十六年前、君が五歳のときだ。子供の頃、何度か診てもらったことがあるんじゃないかな？　今、思い出してみて」

「…………はい…………」

主治医だったと聞いたとき、ちらと何かが頭を掠めた気がした。記憶の奥底に眠っている出来事を掘り起こそうと意識を集中させる。

「……あ……」

ぼんやりとした姿が頭の中に浮かぶ。

『慎也君、熱が出たんだって？』

優し気な声。綺麗な指先が頬に触れる。

「……なんとなく……覚えているような……でも……」

しかし顔ははっきり浮かばない。写真の人物は伊吹そっくりだった。伊吹と会ったときに思い出してもよさそうなものをなぜ思い出せないのか。

自分は物心がつくのが遅かったのか。五歳のときの他の記憶は何かないだろうか。

「…………」

すべてがぼんやりして、あまり思い出せない。情けない、と首を横に振った慎也に才が、

「思い出せないのなら無理する必要はないよ」

と気を遣ってくれたのか、そう声をかけてきた。

「……すみません」

「謝ることないって」

才は苦笑しつつ、慎也のグラスにシャンパンを注ぎ足してくれた。

「あ……ありがとうございます」

「新森家は代々、巴家の主治医だった。それが伊吹君の父親の代で主治医を辞め、それ以降巴家は主治医を置いていない。新森医師のほうから、主治医を辞めたいという申し出があり、巴家は引き留めたという話だった。その頃にはもう、シン君のお父さんが当主になっていたんだよね？」

「……はい。祖父が亡くなり、父は僕が五歳のときに跡を継いだと聞いてます」

奇《く》しくも伊吹の父親が主治医を辞めたのと同じような時期か、と慎也が気づいたのと同じく伊吹もまた気づいたようで、

「代替わりがきっかけになったんですかね」

と首を傾げている。

「伊吹君は何かその頃の記憶はある？　六歳くらいだよね？」

「……あまり父のことは覚えていないんです。正直なところ……」

伊吹の表情が曇り、ぼそりと言葉を足す。

「父は主治医を辞めたあとに自殺したということだったので、母ができるだけ僕に父のことを思い出させないようにしていたのかもしれません」

「ああ、それもあるだろうね」

「『も』？」

才が伊吹の父の自殺を聞いても驚いた素振りをしなかったことに慎也は驚いたが、それより『それも』ということは、伊吹が父についてあまり覚えていないということに関し、他に理由があると言いたいのかと、思わず声を発してしまう。

「あ、いや」

珍しく才が、はっとした顔になったが、すぐ、

「僕が調べてきた話を聞いてくれる？」

と話題を変え、伊吹と慎也、二人に視線を送ってきた。

「はい」

「……はい」

伊吹は即答したが、慎也の返事は一瞬遅れた。なんとなく、嫌な予感がする。聞かないほうがよいような、と眉を顰《ひそ》めた彼を見て、才は一瞬何かを言いかけたが、すぐに唇を引き結ぶようにして微笑んだあと、再び口を開いた。

「シン君のお父さん、巴靖彦《やすひこ》さんと、伊吹君のお父さん、新森幸哉《ゆきや》さんは二歳違いで、非常に仲がよかったそうだ。小学校から大学まで同じ学校に通っていて、二歳年上の幸哉さんは靖彦さんの友人でもあり、兄代わりでもあったという。勉強も見てあげていたりしたそうだ。旧財閥の企業グループの跡取り息子と、その主治医の息子、幼馴染《おさなな じ》みにして親友、昵懇《じっこん》と

いってもいい仲だったと、当時を知る人は皆、口を揃えて言っていた。幸哉さんが医師免許を取得したあとには、まだ主治医は代替わりしていなかったにもかかわらず、靖彦さんは自分の診察を幸哉さんに任せたいと父親に願い出るくらい、信頼し、また仲もよかったのだぞうだ」

「…………そう……ですか」

とてつもない違和感がある、と慎也は首を傾げずにはいられないでいた。

あの父に心を許した友人がいたというのがどうにも信じがたい。慎也の知っている父はまさに『孤高の人』といってよかった。誰にも心を開かず、たとえ家族であっても——妹や息子であっても本心を見せない、そんな印象があるのだが、と思いながら相槌《あいづち》を打った慎也の横で、伊吹が、

「全然知らなかった」

と驚いている。それ以外の感情は彼にはないようだ、と慎也はつい、伊吹の顔を見やってしまった。

「どうしたの？」

視線に気づいた伊吹が慎也に問いかけてくる。

「いや……その……」

「父親同士が幼馴染みで親友同士だったなんて。やはり僕らは出会うべくして出会ったんだ

ね」

言い淀《よど》んでいるうちに明るく伊吹にそう言われ、返答に迷っていた慎也が口を開くより前に、才が言葉を挟んできた。

「まさにそのとおり。『出会うべくして出会った』んだよ」

「どういうことです?」

伊吹が不思議そうに才に問う。才は伊吹を、そして慎也を順番に見やると、

「これからする話は、勿論裏付けは取ってはいるけれど、ご本人たちがもう亡くなっているから半分は僕の推察だ。そのつもりで聞いてほしい」

と断ってから、話を始めた。

「当時巴家で働いていた家政婦さんから聞いた話だ。巴靖彦さんと新森幸哉さんは実に親密だった。靖彦さんが十代後半になると、幸哉さんが靖彦さんの部屋を訪れたあと、必ずといっていいほど、その家政婦さんは靖彦さんからシーツの交換を頼まれたそうだ。口止め料と共に」

「……っ」

まさか。思いもかけない発言に、慎也は息を呑んだ。

「それは……っ」

伊吹も驚いた声を上げたあと絶句する。

「そう。二人は親友であり、恋人同士でもあった。関係は靖彦さんが結婚する直前まで続いていたと思われる。靖彦さんが結婚してすぐ、幸哉さんも結婚した。子供ができるのは幸哉さんのほうが一年早かったんだね。その一年後にシン君、君が生まれた」

「…………」

慎也は今、混乱していた。父に男の恋人がいたことがまず、受け入れがたかった。ならなぜ父は自分に、メンタルの治療を受けろなどと言ったのだろう。自分もまた同じ性的指向の持ち主であったのなら、それがいかに受け入れがたい言葉であるかわかったはずなのに。

いや、メンタルの治療に関しては律子叔母が持ち出したのだったか。それを父は受け入れたのか、と考えていた慎也の前で才が口を開く。

「靖彦さんの心理こそ、わからない。なので僕の推測にはなるが、きっと彼は『世襲』の義務を果たさねばと思ったんだろう。もしかしたら親に強制されたのかもしれない。結婚し跡取りを作れ、と。そのことを叔母さんも知っていたのかもしれないね」

「……ああ……」

まさに自分が今、抱いていた疑問への答えだ、と慎也は思わず才を見やってしまった。この人は人の心が読めるのだろうか。それで答えを与えてくれたと？

視線を受け止め、才はにっこりと微笑むと、話題を変えた。

「ときに君は四歳のときに母親を亡くしているんだったね」

「あ、そうです。母は僕が四つのときに癌《がん》で亡くなりました」

「そうだったんだ」

伊吹が痛ましそうな顔になる。

「ここから先も僕の推察となるのだけれど」

と、才がまた彼の『推察』を話し始め、その内容に慎也はただ声を失っていった。

「新森幸哉さんは結婚して尚、靖彦さんのことを愛していたのではないかと思う。それで靖彦さんが妻を亡くしたあとに、己の想いを靖彦さんに告白した。もう、跡取り息子はいる。世襲の義務は果たした。きっと靖彦さんは自分の愛を受け入れてくれるに違いないと幸哉さんは思ったが、靖彦さんは拒絶した。それで幸哉さんは主治医を辞め、靖彦さんのもとを離れたのではないかと思うんだよ」

「…………」

「……父は、それがつらくて自殺した……と？」

声を発することができずにいた慎也の横で、伊吹が硬い声で問いかける。

「…………それで君たちの夢の話なんだけど」

才は伊吹の問いには答えず、話を再開した。

「多分君たちが同じ夢を見るのは、幸哉さんが二人それぞれに語った『おとぎ話』が印象的だったからじゃないかと思うんだ」

「おとぎ話……？」

戸惑いの声を上げる伊吹と、そして慎也を一瞥し、才が、

「そう、おとぎ話」

と微笑む。

「君たちは偶然同じ場所に同じ星形の痣がある。そのことに気づいた幸哉さんは自分のかなわなかった恋物語を『おとぎ話』の中で成就させたんじゃないかと思う。自分と、そして靖彦さんの息子が、互いの腕にある痣を介して出会い、そして愛し合うといい。現実には成就しなかった自分の恋のかわりに——と、そこまで本人は実現を信じていなかっただろうけれども、夢を託して星形の痣にまつわるおとぎ話を、愛する人の息子であるシン君と、そして自分の愛する息子、それぞれに語ったんじゃないかな。五歳や六歳の子供は医者を怖がるでしょう。親しみを持ってもらうために、おとぎ話で興味を惹こうとしたんじゃないかと思うんだ」

「……おとぎ……話」

慎也の口から、その言葉が零《こぼ》れる。と同時に彼の脳裏にはっきりと、伊吹の——否、伊吹とよく似た彼の父親の顔が浮かんでいた。

『慎也君はこの話が好きだよね』

ああ。そうだ。主治医が話してくれたその内容が楽しすぎて、何度も同じ話をねだってい

た気がする。内容についてはまるで覚えていないが、と記憶を辿っていた慎也の横で、伊吹が呆然としたまま言葉を発する。

「知らないうちに記憶に残っていたと……そんな……」

ありえるのだろうか――その思いは慎也も抱くもので、それに、と今の説明では納得できないことがあると、それを思いつき才に問うことにした。

「あの、柳というヤクザも同じ夢を見ていました。腕に星形の痣もあります。彼はなぜ、僕らと夢や痣を共有しているんですか？」

「その答えは本人に確かめてみよう」

才はそう言ったかと思うと、

「愛君」

と少し声を張り上げた。

「お呼びでしょうか」

ドアの外に控えていたとしか思えないタイミングで、愛がドアを開く。

「柳さんをここに呼び出してくれる？」

「かしこまりました」

「え？」

「呼び出す？」

まさかの展開に、慎也と伊吹、二人して戸惑いの声を上げる。

「彼が到着するまでの間、シャンパンでも飲んでいよう。そうだ、チーズを切ろうか」

一方、才はさも当然の流れとでもいわんばかりに、慎也たちに明るく声をかけてくる。一体どういう『理由』があるというのか。その答えを果たして自分は受け止めることができるのかと不安を抱きながらも慎也は、長年見続けてきた夢について、その記憶をなぜ柳までもが共有しているのか、すっぱりと割り切れる答えがあるのであれば是非聞いてみたいという欲求を抑えきれずにいたのだった。

9

三十分もしないうちに、愛が柳を連れ部屋へと入ってきた。

「やあ。ご足労いただき申し訳ない」

才がにこやかに柳に声をかける。

「なんなんだよ、まったく」

一方、柳は不機嫌丸出しで、殺気すら感じさせる厳しい眼差《まなざ》しを才へと注いでいる。

「なに、君と新森幸哉さんとの関係を、ここにいる新森さんの息子と、そしてシン君に話してあげてほしいんだ」

「……っ」

才がそう告げたその瞬間、柳の顔色が傍目《はため》にもわかるほどさっと変わった。青ざめたとしかいいようのない彼の、傷の残る顔を見つめながら才が話し続ける。

「君が言いづらいようなら、僕が説明しようか。加納《かのう》柳さん、あなたは十五、六歳の頃に新森幸哉さんと出会い、請われて助手のようなことをし始めた。おそらく、当時のあなたは頼るべき人もおらず、住む家もなかった。それを幸哉さんは知り、あなたに救いの手を差し伸べたんでしょう。巴家には行ったことがありました？」

「……いや。巴家の近くに、診療所があった。診療所とはいえ、ほぼ、開業はしていなかったが」

ここでようやく柳が口を開いた。俯いたまま、ぼそりと言葉を漏らした彼に才は頷きながら話を続ける。

まさか柳が伊吹の父親と繋がりがあったとは。愕然としていた慎也と、そして伊吹の前で、才がにこやかに柳に問いを発する。

「いつ巴家から呼び出しがかかるかわからないから、だったんだろう。君はそこに住んでいたの？」

「ああ。患者用のベッドがあったからな」

「診療所……」

伊吹が呟き、首を傾げる。

「思い出したかな？」

才に問われ、伊吹は、

「覚えているような……いないような……」

と尚も首を傾げた。

「小さい頃、自宅じゃない場所で……どこかの診療室で治療を受けたことがある気がして

「……」

「シン君は？」

「僕は……」

どうだっただろう。思い出そうとしたが、なんとなく伊吹の父に診察を受けた気はするものの、はっきりと光景として頭の中に浮かばない。

「それで、なぜ彼が、僕たちと夢を共有していたというんです？」

黙り込んでいた慎也の横から伊吹が才に問いかける。相変わらず彼の表情が硬かったのは、柳に対していい感情を抱いていないからのようだった。

その理由は——考えずともわかる、と慎也は心の中で溜め息を吐《つ》く。

自分もまた、柳を前にすると複雑な思いが込み上げてくる。どうしてもあの不自然な閨《ねや》での行為を思い出してしまうからである。

柳は自分もまた、『アロー』の前世だと言っていた。しかし先程才が言ったとおり、『アロー』と『シン』の語る永遠の愛が、伊吹の父、幸哉が、慎也の父である靖彦への恋情をこめて創作したおとぎ話だとしたら、それを柳が知っていた理由は一つしかない、と慎也は才を見やった。

「ああ、シン君の考えているとおり、柳さんはこれが『おとぎ話』だと知っていた。幸哉さんがシン君や伊吹君に話しているのを聞いたんだろう。頭に残っていたのは、君の腕にも星形の痣があったからかな？」

「…………」

才に問われたが、柳は何も答えず下を向いていた。

「……騙《だま》したということか、僕たちを」

伊吹が厳しい顔で、柳を問い詰める。が、それに答えたのは柳本人ではなく、またも才だった。

「騙したというよりは、真実を告げづらくなってしまったんじゃないかな？　シン君と出会ったとき、自分の腕の痣に反応した彼を見て、柳さんはもしやあのときの子供かと思い出した。あのおとぎ話が『夢』になっているのを確かめた彼は、シン君を気に入ったこともあって、夢の話に乗じようとしたんだよね。しかし同じ記憶を持っていた、いわば本物の『アロー』の伊吹君が現れてしまったため、引っ込みがつかなくなって嘘を貫こうとした。そうだったんじゃないかな？　ね、柳さん」

才が柳を真っ直ぐに見据え、微笑みながらそう問いかける。

「シン君には一目惚《ひとめぼ》れだったのかな。眠っている間に彼のスマートフォンに位置情報を知らせるアプリを忍ばせたくらいだから」

「えっ」

そんなことを、と慎也は驚いたせいでつい声を漏らしてしまったが、直後に柳が自分の店

やら宿泊していたホテルを突き止めることができた理由はそれか、と納得し、

「ああ……」

とまたもまるで違うトーンの声を漏らしてしまった。

慎也と伊吹、それに才の視線を一身に集めることとなった柳は暫くの間、俯いたまま一言も発しなかった。が、やがて、大きく息を吐き出したかと思うと顔を上げ、才を睨むようにして言葉を吐き捨てる。

「ああ、そのとおりだよ。何から何までお前の言うとおりだ。これで満足か？」

「お前は……っ」

それを聞き、伊吹が彼に摑みかかろうとするのを、慎也は慌てて抱き締めることで止めようとした。

「伊吹、危ないよ」

命を狙う『鉄砲玉』を一撃のもとに倒した姿を見ているだけに、怪我《けが》はさせたくない、と慎也は必死で彼を抱き締める。

「だって慎也」

「もう、いいじゃないか。すべて説明がついたんだ。前世の記憶なんかじゃなかった。伊吹のお父さんが僕らそれぞれに話してくれた『おとぎ話』が二人の記憶に残っていただけだった。でも僕は……」

そこまで告げたとき、慎也の中に不意に不安が膨れ上がった。

そうだ。我々は前世の恋人同士ではなかった。しかし今となっては、前世云々《うんぬん》は関係ない、自分は伊吹を愛している。

伊吹は――？　伊吹はどうなのだろうか。

自分を愛してくれたのは、夢で見ていた『シン』の生まれ変わりと思ったからだとしたら？　その部分がまやかしだとわかった今、自分にはまるで興味を失ってしまったと言われたとしたら？

受け入れるしかない。そうでないことを祈るのみだ、と慎也は真っ直ぐに伊吹を見つめた。伊吹もまた真っ直ぐに慎也を見つめ返してくる。

「……僕は、伊吹を愛している。夢の繋がりがなくなったとしても」

勇気を奮い立たせ告白した慎也に、伊吹は微笑み頷くと、彼もまた想いを告げてくれた。

「僕もだ。前世云々は出会いのきっかけに過ぎない。今、僕が君を愛しているのは事実だし、それは夢が前世の記憶じゃないとわかった今でも変わるはずがない」

「……よかった……」

ぽろりと本心が慎也の口から零れ落ちる。

「何が『よかった』の？」

しっかり伊吹に拾われてしまった上で、

「まさか、前世の恋人じゃないとわかったら、君への想いが失《う》せるとでも思っていたのか？」

と憤った声を上げられる。

「そんなはず、ないじゃないか」

「……ありがとう。本当によかった」

怒られることがこうも嬉しいなんて、と胸に迫るものを感じ、目の奥が熱くなってきてしまっていた慎也の耳に、才の淡々とした声が響く。

「こうも幸せそうな、そして初々しいカップルを前に、これ以上愚行を続ける気はありませんよね？　柳さん」

さも明日の天気を問うような感じの、なんでもなさげな口調で告げられた才の問いに対する柳の答えは、ただ肩を竦めてみせるというだけのものだった。

「今後はこの若い恋人同士には——シン君にも伊吹君にもかかわらないと、約束してもらえますか？」

言質《げんち》をとっておこうとしたのか、才が柳を見据えて問いかける。

「ああ。二度とかかわらない」

ぼそりと柳が告げた言葉を聞き、慎也は安堵のあまり伊吹を見た。伊吹もまた安堵したように微笑み、慎也に頷いてみせる。

「ということで、今回の依頼は終了、でいいよね？」

才がそんな二人に向かい、声をかけてくる。

「はい。ありがとうございます」

答える声が自然と弾んでしまった、と、慎也ははしゃいでいる自分への恥ずかしさからつい、目を伏せた。

「乾杯する？　それとも改めて真実の愛を誓い合った恋人と、二人だけの時間を過ごすほうを選ぶ？」

からかっているようで、実に思いやりのある言葉を告げてくれる才に、答えを返したのは伊吹だった。

「お言葉に甘えて、失礼させていただいてもよろしいでしょうか」

「はは、どうぞ。僕も野暮はしたくない」

才が楽しげに笑い、慎也に向かってウインクしてみせる。

「透さんによろしく。僕からも問題は解決したと、一応連絡は入れておくけれども」

「本当にありがとうございました。何から何までお世話になりました」

深く頭を下げながら慎也は、叔父の透が彼に依頼をしてくれて本当によかった、と叔父に、そして才に、心からの感謝の念を抱いていた。

と、ドアがノックされる音がしたと同時に開き、愛という女装の美少年が姿を現す。

「先生、タクシー、来ましたけど」

「愛君は相変わらず仕事が早いね」

少し呆れたような顔になった才だが、すぐに笑みを浮かべると慎也と伊吹に向かい、どうぞ、というように右手を差し出して寄越した。

「あ……りがとうございます」

乗って帰れということかと察した慎也が礼を言う横で伊吹もまた「ありがとうございます」と頭を下げている。

「愛君、案内してあげて」

「はい」

才の指示に、淡々と頷いた愛はちらと慎也を見はしたが、すぐに目を逸らすと、

「こちらです」

と踵を返し、部屋を出ようとした。

「失礼します」

「ありがとうございました」

それで慎也と伊吹は慌てて退出せざるを得なくなり、挨拶もそこそこに愛のあとに続き、玄関へと向かったのだった。

「ありがとうございました」

タクシーの停《と》まる車寄せまで見送ってくれた愛に慎也は頭を下げたが、愛は無反応だった。

最後まで打ち解けることはなかったなと思いつつ慎也は伊吹と共にタクシーに乗り込んだのだが、行き先はどうしようかと伊吹を見やった。

「ホテルでもいいけど、君の家に行きたいな」

「あ、そうか。もう、帰れるんだ」

才の前で柳は、もう二度と自分たちにはかかわらないと約束した。そのことを思い出した慎也の口から思わず溜め息が漏れたが、気を取り直し、行き先を運転手に告げた。

「スマホに細工をされていたなんてね」

車が走り出してから、酷い話だ、と憤った声を上げる伊吹に慎也は、

「気づかない僕も僕だから」

と、反省している気持ちを伝えようとした。

「でもよかった。君に迷惑をかけるより前に解決して」

本当に。心からそう思う、と頷いた慎也の手を伊吹が握ってくる。

「僕のことより、自分のことを心配してほしいよ、慎也には」

「僕には失うものが何もないから」

最早、と笑った慎也の手を尚一層強い力で握り締め、伊吹が目を覗き込むようにして囁いてくる。

「僕にとってはある」

「…………」

運転手には聞こえないようにという配慮から囁かれたとわかっていても、耳朶《じだ》にかかる吐息が、じっと己を見つめる熱い眼差しが、慎也の身体の芯に火を灯《とも》す。

「…………」

自然と頬が赤らんできたことで伊吹は慎也が欲情を覚えつつあることを悟ったらしい。一段と強い力で手を握ると、無言で小さく頷いてみせた。慎也もまた頷き返したあと、タクシーが東銀座にある自宅に到着するまでの時間をこうも長く感じるとはと思いながら、じっとフロントガラスを見つめていた。

「ここが僕の店、兼、自宅だよ」

ようやく到着すると慎也は、伊吹を伴い建物内に入ったものの、一週間以上家を空けていたので空気が埃《ほこり》っぽい気がするなと、まずはそれを詫びることにした。

「ごめん、掃除も行き届いていなくて」

「別に散らかってないよ」

伊吹の優しさ溢れる答えに、

「でも、埃っぽいよね」

ごめん、と告げると、伊吹は、

「ずっと留守にしていたんだから」

仕方ないよ、とますます優しいことを言い、微笑んで寄越した。

「それより」

ねえ、と伊吹が手を伸ばし、慎也を抱き寄せる。

「僕は別に、埃っぽいシーツでも気にしないけど？」

「……ベッドは、大丈夫だと思う」

自分が欲情を持て余しているのと同じく、伊吹もまた同じ気持ち、同じ状態でいることが本当に嬉しい。

その思いを伝えたくて慎也は伊吹の背を抱き締めると、キスをねだろうとし伊吹の顔を見上げた。

「……愛してる」

伊吹がそう告げ、慎也の希望どおり唇を寄せてくる。

「ん……っ」

甘やかなキスがやがて、慎也を貪《むさぼ》り尽くそうとでもするかのような激しいキスへと変じていく。次第に立っていられなくなり、慎也は伊吹の背に縋《すが》り付いた。

「埃っぽくないベッドに行きたいな」

キスを中断し、伊吹が慎也に囁いてくる。

「……うん……っ」

慎也もまた同じ気持ちだった。頷くと伊吹がその場で慎也を抱き上げる。

「寝室、どこ?」

「あの扉を出て、右の部屋」

「わかった」

伊吹が微笑み、慎也を抱いたまま歩き出す。

「よく考えてみたら」

寝室へと向かいながら伊吹が、ふと思いついたように言葉を発する。

「別に前世の記憶なんて必要なかった。君に会った途端、僕は君に恋した。君を一目見た瞬間、僕は君に夢中になった。それが真実なんだ」

「僕も……僕も、君に恋した。それだけが真実だと、僕も思う」

今となってみると、あの夢の記憶というのはなんだったのかと思う。自分をゲイだと気づかせてくれた。それ以上でも以下でもない。

愛など、夢から生まれるわけがない。生身の人間との出会いがすべてだ。慎也の思いはそのまま伊吹の思いだということは、見交わす目から感じることができた。

ベッドの上にそっと下ろされたあとに、それぞれに服を脱ぎ捨て全裸になって抱き合う。

「あ……っ」

愛してる。

キスを交わすだけで、この上なく己が昂まってくるのがわかる。せわしなく身体を這《は》う熱い掌の感触から伊吹もまた昂まっていることがわかり、幸せな気持ちが押し寄せてくる。

「や……っ……あ……っ……あ……っ」

乳首を摘ままれ、堪らず声を漏らす。早く欲しい。いますぐにでも、目の端に過《よぎ》る勃ちきった雄で突き上げてほしい。満たしてほしい。

少しも早く——。

その思いが慎也の身体を突き動かし、気づいたときには慎也は伊吹の下肢に己の下肢を擦り寄せるべく、腰を持ち上げてしまっていた。

「……愛してる……っ」

慎也の望みは正しく伊吹に伝わったようで、嬉しげにそう頷くと身体を起こし、慎也の両脚を抱え上げた。

「すぐ、挿れてもいいかな？」

「うん……っ……うん……っ」

待ちきれない。愛の証《あかし》を体感したくてたまらない。欲望も願望もただ漏れとなっていたが、羞恥を覚える余裕すら、慎也からは失われていた。

ずぶ、と逞しい伊吹の雄が後ろに挿入されてきたとき、慎也は嬉しさから背を大きく仰け反らせ、唇から高い声を漏らしていた。

「あぁ……っ」

一気に奥まで貫かれたあと、激しい突き上げが始まる。

「あ……っ……あぁ……っ……あっあっあーっ」

頭の中で極彩色の花火が何発も上がり、やがて意識が朦朧としてくる。本当に幸せだ。身体も、心も、すべては伊吹のものだ――霞《かす》む意識の向こうでそんなことを考えていた慎也の頭に、ふと、いつもの夢が過る。

『愛している。この世に生があるかぎり。いや、生まれ変わったそのあとも永遠に』

あれは『前世』ではなかった。父を想うがゆえに伊吹の父が作りだした幻の恋物語だ。彼らの分まで自分は、そして伊吹は幸せになる。きっと。

幸福な未来しか見えない、と慎也は両手両脚でしっかりと伊吹の背を抱き締める。伊吹は慎也の心を今もまた正しく読み取ってくれたようで、それは嬉しげに微笑むと、尚一層激しさを増した突き上げで、慎也を絶頂へと導いていったのだった。


何度と数えきれないくらいの絶頂を迎え、最後は失神してしまった慎也が目覚めたのは、夜が白々と明けてきた頃となった。

「大丈夫？」

身動きをしたことで目覚めたと察したらしい伊吹が問いかけてくる。

「……うん」

「水か何か、取ってこようか？」

「……冷蔵庫に、ミネラルウォーターのペットボトルがあるから」

「わかった。取ってくる」

腰が立たない状態だった慎也は、申し訳なく思いながらも、喉の渇きを覚えていたので伊吹に水を頼んだ。笑顔で引き受け、軽やかにベッドを下りた彼の、均整の取れた裸身を眺める慎也の口から思わず溜め息が漏れる。

本当に――夢ではないのか。こんな幸福が己に訪れていいものだろうか、と半信半疑でいた慎也は、すぐに戻ってきた伊吹から、

「はい」

とペットボトルを差し出され、はっと我に返った。

「ありがとう。ごめん」

「謝るのは僕のほうだ。嬉しさのあまり、すっかり調子に乗ってしまった。身体に負担をかけてしまってごめんね」

「そんな……っ」

謝ってもらうのは違う、と慌てて首を横に振った慎也にペットボトルを手渡すと伊吹は、少し考える素振りをしてから口を開いた。

「僕はモデルの仕事は辞めようと思ってる」

「えっ」

それはもしや、と慎也は、己の懸念を口にしていた。

「僕と付き合っていることが世間に知られたらまずいと思うから？　だとしたら二人の関係を世間に知られないように気をつければいいと思う。伊吹がやりたいことを諦める必要はないから！」

「ちょっと待って。別に僕はモデルを続けたいわけじゃないよ？」

誤解しないで、と伊吹が笑う。

「僕がモデルになったのは、それこそ『前世の記憶』のためだった。前世の恋人と巡り合いたい、そのためにはマスメディアを使わせてもらおうと思っていただけなんだ。だからもう、モデルの仕事をする必要はないんだ。こうして君と巡り合ったわけだから」

「そうなんだ」

それがモデルの仕事をしていた理由だったのか、と、目を見開いた慎也に向かい、伊吹が嬉しげに笑ってみせる。

「これで学業に専念できる。逆にお礼を言いたいくらいだよ」

「……よかった」

そう思ってくれているのなら、と安堵の息を吐いた慎也に、伊吹が問いかけてくる。

「慎也はどうするの？　家に戻るの？」

「……僕はまだ、父について受け止めかねていて……」

ゲイである自分を全否定した父もまた、伊吹の父と恋人同士だった。その事実を未だ受け入れることができずにいた慎也は、父が実際、何を望んでいたのかを理解するまでには至っていなかった。

父の望みより、自分の希望だろうとはわかるが、どうしても父の気持ちを考えてしまう。俯いてしまっていた慎也の顔を覗き込み、伊吹が笑いかけてくる。

「どんな選択をしたとしても、僕は受け入れるつもりだから。まあ、個人的な希望としては、親同士の関係とは切り離したところで、君との関係を培っていきたいなと思っているよ。それは君が今後、どういう道を選んだとしても関係ないことだけれどね」

まさに慎也が望むとおりの言葉を、伊吹が告げてくれる。本当に彼を愛してよかった。この上ない幸せを感じながら慎也は伊吹に対し、

「愛してる……っ」

と胸に溢れる想いを告げると、嬉しげに微笑んだ恋人の背をしっかりと抱き締め、キスをねだるべく瞳を閉じたのだった。

「なんで俺はまだここにいるんだろうな」

シャンパンを飲みながら柳がぼそりと呟く。

「慰労というか、いや、賞賛、かな。ともかく、君と飲みたかったんだ。付き合ってもらえて嬉しいよ」

才が満面の笑みでそう言い、柳のグラスをシャンパンで満たす。

「慰労される覚えはないがな」

「あるよ。君は真実を話さなかった」

ぼそっと言い捨てた柳の声に被せ、才が笑顔できっぱりと言い切る。

「嘘つき呼ばわりかよ」

ケッと悪態をついた柳を真っ直ぐに見据え、才は口を開いた。

「あれは『おとぎ話』じゃない。伊吹君のお父さんの『呪い』だ。彼は——新森幸哉は巴靖彦に捨てられた。その恨みを靖彦の息子である慎也君の記憶に刻んだ。自分の息子である伊吹君の記憶にも」

「………なんのことやら」

柳は自嘲ぎみにそう告げたが、才が、

「星形の痣は君がオリジナルなんだろう？」

と告げた瞬間、彼の顔から一切の表情が消えた。

「あの二人の痣は幸哉が子供二人の意識のない間に肌に刻んだ入れ墨だよね。君の痣にインスパイアされたものだ。合っているよね？」

「………ノーコメント」

柳は認めなかった。が、才は構わず言葉を続ける。

「幸哉は靖彦に捨てられた。恋愛関係にあったと信じていたのに、靖彦は世襲制を守るために女性と結婚し、子供を作った。幸哉は自棄になったのかもしれないね。それで自分も結婚した。靖彦より前に子供を作ったのは対抗意識の表れだったのかも」

「……あんたはどっちも知らないだろうに」

ぼそ、と柳が呟く。相変わらず彼の顔にはなんの表情も浮かんではいなかったが、その口調は悪態というよりは感心しているようだった。そんな彼に向かい才は頷くと、再び口を開いた。

「靖彦にとっては、幸哉との関係は『終わった』という認識だった。しかし幸哉は靖彦を諦めきれず、せめて傍《そば》にいたいとの思いから主治医を続けた……君が幸哉に会ったのは、靖彦の妻が亡くなったあとかい？」

「………っ」

柳がはっとしたように顔を上げる。答えはそれでわかった、と才は頷くと話を続けた。

「幸哉は、靖彦が妻を亡くしたときに、これで彼は自分のところに戻ってくるに違いないと思った。願った、というのが正しかったわけだけれども。しかし、やはり靖彦は幸哉を拒絶した。子供の教育に悪いとか、子供に悪影響が出たら困るとか、そういう拒絶の仕方をしたんじゃないかな。あくまでも僕の想像だが」

「……本当にお前は……その場にいたかのようだな」

柳の顔に、ようやく表情が表れ始めた。ほとほと感心した、というように肩を竦め、溜め息を漏らす。

「そうだったからこそ、幸哉はああも手の込んだ復讐《ふくしゅう》を思いついたのだろうと推察しただけだよ」

才はにっこり微笑み、グラスのシャンパンを一口飲んだ。柳もまたグラスを空ける。と、ドアが開き、今日もミニスカートからすらりとした足を惜しげもなく披露していた愛が現れ、二人のグラスをシャンパンで満たすとまた部屋を出ていった。

「お前の恋人か？」

柳の問いに才が「いや」と首を横に振る。

「助手だよ」

「十五、六？」

「いや、十九歳……だったよね、愛君」

ドアに向かって才が声をかける。と、ドアが開き愛が、

「そうです」

と一言答え、またもドアを閉めた。

柳が呆れた声を上げる。

「なんだ、ありゃ」

「シャイなんだ」

「……シャイ、ねえ」

納得しかねるといったように首を傾げた柳に、才が問う。

「十五歳の君と新森幸哉の出会いについて、教えてほしいな」

「単に買われただけだ。当時食うに困って身体を売ってたからな」

柳が淡々と答えたあとに、また、シャンパンを飲む。

「頼るべき人も住むところもないと言ったら、診療所に住むといいと言ってくれた。俺の境遇を哀れんでくれたというよりは、ちょうどいい捌《は》け口を見つけたという感じだったな。性欲やそれに……憤りの」

柳が自嘲しつつ、ぼそりと言葉を足す。

「身代わりだったんだろう。巴靖彦の」

「靖彦に完全に拒絶された幸哉は復讐の準備を始めた。靖彦の息子と自分の息子、それぞれに『前世の記憶』を植え付けた。催眠術かな、あれは。暗示をかけたんだよね」

「ああ、意識を朦朧とさせるのに、薬品も使っていたようだったが」

柳が心持ち顔を顰《しか》める。

「相手は子供だからな。繰り返し言い含められればその気にもなる。奴《やつ》は写真や映像も見せていた。前世の相手をイメージしやすいようにな。海外のゲイビデオだった。よくやるよと思ったもんだ」

「幸哉はそれらのことを彼の診療所でやっていたから、君の知るところとなったんだね」

「何をやっているか、当時はさっぱりわからなかったけどな」

肩を竦める柳に、才が問う。

「理解したのは、幸哉が自ら命を絶ったあとだった……そうだよね？」

「…………」

柳の表情が一瞬曇る。が、すぐに彼は、

「いや、死ぬ前だ」

と答えると、淡々とした口調で語り出した。

「自分はこれから自ら命を絶つので出ていけと金を渡された。そのときに自殺の理由も、復讐の手段も聞いたんだ。ご丁寧に、子供たちが自分のことを覚えていないような細工もしたと言っていたな。最後の診療のときに」

「君は自殺を思い留《とど》まらせようとしたんだよね。しかし幸哉は聞く耳を持たなかった」

才が言葉を挟むと柳は、

「見てきたようなことを言うんだな、相変わらず」

と苦笑したが、否定はせずに言葉を続ける。

「こいつに死なれちゃまた居場所を探さなきゃならなくなる。それで止めただけだ」

「いや、愛してたからでしょう」

さも当然のように告げた才に対し、柳は、

「まさか」

といかにも馬鹿にしたように笑って否定した。

「愛なんかじゃない。哀れには思ったけどな。自分に対する愛情など欠片《かけら》もない相手を想い続け、一度ばかりか二度も振られる。別れを告げられたのは跡継ぎを残さねばならないからだろうと、自分にとって都合のいい理由にしがみついていたのも哀れだ。そもそも、愛されていないとなぜ気づかないのか、おめでたいなとも思った。まあ、奴のやったことを思うとちっとも『おめでたく』はないんだが」

「復讐に憎い相手の子供ばかりでなく、自分の子供も使う、とか?」

才の指摘に柳は、

「そもそも、子供は関係ないだろう」

と憤ったような声を上げたあと、ふと我に返ったように自嘲した。

「まあ、俺には関係ないが」

「サウナで慎也君に会ったときには驚いた?」

才がここで話題を変える。

「腕の痣で気づいたのかな?」

「いや、顔だ。子供の頃からそう顔が変わってなかった。幸哉の狙いどおり、巴の息子がゲイになっていたことに愕然としたよ」

「それで夢のことを確かめたんだ」

「そうだ。まさか本当に奴の狙いどおり、夢に支配されているとは、と愕然とした」

「だから見守ろうと思った? 責任を感じて?」

才の問いに柳は、

「さあな」

と肩を竦めた。

「自分《てめえ》でもよくわからない。ただ……」

「救おうとした？」

言い淀む柳に才が笑顔で問いかけたが、柳は、

「そこまでお人好《ひとよ》しじゃない」

と苦笑し、否定の言葉を口にした。

「お人好しというか、かなりいい人だとは思うよ。伊吹君にも慎也君にも、真実を告げなかったんだから」

才がにっこりと微笑み、手を伸ばしてクーラーの中のボトルを手に取ると、空《から》になっていた柳のグラスと自分のグラス、順番に注いでまたそれを戻す。

「もしかして、慎也君の位置情報を入手したのは、そのうちに伊吹君と出会うんじゃないかと、それを期待したからかな、と思うんだけど、どうだろう？　当たっている？」

「さあな」

柳は目を伏せると、シャンパングラスを手に取り一気に飲み干した。

「伊吹君はお父さんにそっくりらしいね」

タンッと音を立てて柳がテーブルにグラスを置いた、そのグラスに再び才がシャンパンを注ぐ。

「彼とベッドインして、久々に思い出した？」

「お前も悪趣味だな」

それを聞いてどうする、と柳に睨まれ、才は、

「確かに悪趣味だね」

ごめん、と謝り、シャンパンを呷る。

「ところでこれからどうするの？　ヤクザは続けるつもり？」

「そこしか俺の居場所はないからな」

柳はそう言うと、すっと立ち上がり、才を見下ろした。

「約束は守る。もう二度と二人には近づかない。だから俺にも干渉するなよ」

それじゃあな、と柳は才に告げると、そのまま部屋を出ていった。

「…………」

才は暫く柳の出ていったドアを見つめていたが、やがてまた、自分のグラスをシャンパンで満たす。

と、ドアが開き、愛が部屋へと入ってきた。

「よかったんですか？　あのまま帰して。今後、悪さができないように更生させるとか、仰《おっしゃ》ってませんでしたっけ？」

柳のグラスと空になってしまったボトルを片付けようとして手に取り、愛が才に問いかける。

「……うーん。不遜な言い方にはなってしまうが、話を聞いているうちに、なんだか哀れに

感じてしまってね」

言いながら才が、グラスのシャンパンに口をつける。

「先生が同情を抱くポイントなんてありましたっけ？」

首を傾げる愛に才は、

「ドアの外で聞き耳を立てているのなら、入ってくればいいのに」

と苦笑してみせてから言葉を続けた。

「彼が言っていただろう？　新森幸哉について。『自分に対する愛情など欠片もない相手を想い続け』ていることが哀れだったと。あれはまさに、彼の幸哉に対する想い、そのものだったんだろうなと気づいてしまってはね」

「巴靖彦にとって幸哉が欲望の捌け口でしかなかったように、柳もまた幸哉の欲望の捌け口でしかなかったというのに……ですか？　彼も相当執念深いですね」

怖いです、と顔を顰めた愛を才は軽く睨む。

「そこは純愛、と表現すべきだ」

「あんな恐ろしげな顔をしているのに純愛とは。なるほど、ギャップ萌《も》えされたんですね」

「そうじゃなくて……まあ、いいさ。愛君、シャンパンのおかわりを頼む」

諦めきった顔になった才に、愛がわざとらしい慇懃《いんぎん》さで頭を下げる。

「かしこまりました。先生のお好みのものをお持ちします」

「頼んだよ」

笑顔で愛を見送る才の脳裏に、柳の顔が蘇る。

『愛なんかじゃない。哀れには思ったけどな』

頬に残る傷痕《きずあと》を歪《ゆが》め、自嘲してみせた彼の頭にはそのとき、それこそ『この世に生があるかぎり』愛しく思う亡き人の顔が浮かんでいたであろうと思うと、やはり飲まずにはいられないほどのやりきれなさを覚える。

それで才は残っていたシャンパンを一気に呷ると、自分の『お好み』のボトルを選んで持ってきてくれるという愛が現れるのを、今や遅しと待ったのだった。

あとがき

はじめまして&こんにちは。愁堂れなです。このたびは九十三冊目のルチル文庫『転生の恋人―運命の相手は二人いる―』をお手に取ってくださり、誠にありがとうございました。

繰り返し見る夢の相手。『生まれ変わったそのあとも愛し合おう』と誓うその相手は前世の恋人なのではないか。しかし同じ夢を見るという男がなぜか二人現れて――？　という、一風変わった？　転生もの？　となりました。

ネタばれになりそうなので詳しくは書けないのですが、自分でも本当に楽しみながら書かせていただきましたので、皆様にも少しでも楽しんでいただけましたら、これほど嬉しいことはありません。

笠井あゆみ先生、この度も本当に！　素晴らしいイラストをありがとうございました！　完成稿は勿論のこと、先生のラフの大ファンなので、今回も堪能させていただけて本当に嬉しかったです。

慎也も伊吹も大好きなのですが、特に柳が！　めちゃめちゃツボでした。

またご一緒できて本当に幸せです。これからもどうぞ宜しくお願い申し上げます。

いつもながら、大変お世話になりました担当様をはじめ、本書発行に携わってくださいましたすべての皆様に、この場をお借りいたしまして心より御礼申し上げます。

そして何より、この本をお手に取ってくださいました皆様に、御礼申し上げます。

転生もの、私は特に悪役令嬢系が大好きで主に漫画をよく読んでいます。悪役令嬢が自覚なくモテモテ、というパターンが好みです（笑）。最近のお気に入りは、おじさんが悪役令嬢に転生？　したお話なのですが、続きが本当に楽しみです。

自分でもいつか本格的な転生ものを書いてみたいです。その際には是非、お付き合いくださいね。

また、本作に再度、才と愛を出すことができました。浮世離れした才とツンデレ（デレたことはないかも……）の愛、どちらも個人的にお気に入りのキャラなので、皆様にも気に入っていただけているといいなと祈っています。よろしかったらご感想をお聞かせくださいませ。心よりお待ち申し上げます！

次のルチル文庫様でのお仕事は、夏に書き下ろしの文庫を発行していただける予定です。そのあとはシリーズものとなります。今年も皆様に少しでも楽しんでいただけるよう、頑張りますね。

また皆様にお目にかかれますことを、切にお祈りしています。

令和三年三月吉日

愁堂れな

✦初出　転生の恋人―運命の相手は二人いる―……………書き下ろし

愁堂れな先生、笠井あゆみ先生へのお便り、本作品に関するご意見、ご感想などは
〒151-0051 東京都渋谷区千駄ヶ谷 4-9-7
幻冬舎コミックス　ルチル文庫「転生の恋人―運命の相手は二人いる―」係まで。

幻冬舎ルチル文庫

転生の恋人―運命の相手は二人いる―

2021年3月20日　第1刷発行

✦著者	愁堂れな　しゅうどう れな
✦発行人	石原正康
✦発行元	株式会社 幻冬舎コミックス 〒151-0051 東京都渋谷区千駄ヶ谷 4-9-7 電話 03(5411)6431［編集］
✦発売元	株式会社 幻冬舎 〒151-0051 東京都渋谷区千駄ヶ谷 4-9-7 電話 03(5411)6222［営業］ 振替 00120-8-767643
✦印刷・製本所	中央精版印刷株式会社

✦検印廃止

ISBN978-4-344-84833-7　C0193　Printed in Japan

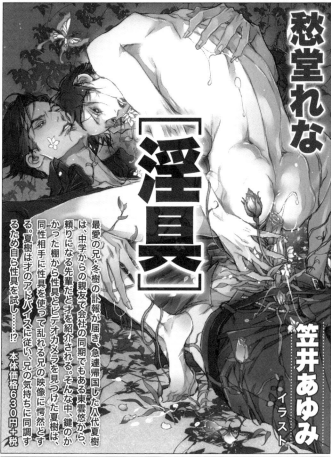